À PROPOS DE L'AUTEUR

Nora Roberts est l'un des auteurs les plus lus dans le monde, avec plus de 400 millions de livres vendus dans 34 pays. Elle a su comme nulle autre apporter au roman féminin une dimension nouvelle ; elle fascine par ses multiples facettes et s'appuie sur une extraordinaire vivacité d'écriture pour captiver ses lecteurs.

Un printemps à San Francisco

NORA ROBERTS

Un printemps
à San Francisco

Traduction française de
ANDRÉE JARDAT

Titre original :
SULLIVAN'S WOMAN

Ce roman a déjà été publié en 2015.

© 1984, Nora Roberts.
© 2015, 2018, HarperCollins France pour la traduction française.

Le visuel de couverture est reproduit avec l'autorisation de :

Ville : © ARCANGEL/DAVE WALL

Réalisation graphique : HEJ! JEANNE

Tous droits réservés.

HARPERCOLLINS FRANCE
83-85, boulevard Vincent-Auriol, 75646 PARIS CEDEX 13
Service Lectrices — Tél. : 01 45 82 47 47
www.harlequin.fr

ISBN 978-2-2803-8594-7

Chapitre 1

Cassidy attendait patiemment.

Mais, pour la troisième fois consécutive, Mme Sommerson lui lança négligemment sur le bras la robe qu'elle venait d'essayer.

Puis ce fut au tour d'un tailleur bleu marine et enfin d'un déshabillé de soie d'échouer sur la pile déjà conséquente des vêtements écartés sans pitié.

— Ça ne va pas, marmonna Mme Sommerson d'un air contrarié, vaguement consciente de la présence discrète de la jeune vendeuse à son côté.

Depuis trois mois maintenant qu'elle avait accepté cet emploi, Cassidy apprenait vaillamment, auprès des clientes exigeantes qui composaient essentiellement la clientèle aisée de la boutique « Bella », le sens véritable du mot « patience ».

Résignée, elle suivit sans un mot Mme Sommerson

qui, manifestement, avait avisé un rayon plus attractif. Mais au bout des vingt-sept minutes suivantes qui lui parurent une éternité, la désagréable impression de n'être qu'un portemanteau ambulant lui mit les nerfs à rude épreuve.

— Je vais essayer ceci, annonça finalement Mme Sommerson en pointant du menton la nouvelle sélection de robes qu'elle avait faite.

Et tandis que sa cliente se dirigeait de nouveau vers les cabines d'essayage, Cassidy s'appliqua à remettre consciencieusement en rayon la pile de vêtements qu'elle avait sur le bras.

Lorsqu'elle eut terminé, elle rassembla ses cheveux épars dans une barrette qui laissait toutefois échapper quelques mèches récalcitrantes. Julia Wilson, la responsable de la boutique, s'était montrée intraitable : ses employées se devaient d'offrir aux clientes une apparence irréprochable. Les cheveux flottant sur les épaules n'étaient donc pas tolérés. Et pour Cassidy, rebelle à toute forme d'autorité, cette volonté témoignait d'un manque singulier d'originalité auquel elle se pliait de mauvaise grâce.

Bien que Cassidy se soit présentée sans les qualifications requises, Julia Wilson avait immédiatement deviné le parti qu'elle pourrait tirer de la silhouette élancée de la jeune femme. Sa grande taille, ses courbes harmonieuses en feraient l'image de marque de la maison et seraient une excellente publicité pour les articles haut de gamme qu'elle vendait. Elle avait également compris que le visage racé, aux traits fins et aristocratiques, valait mieux que toutes les références qu'elle pourrait exiger. La vivacité et l'énergie qu'elle avait pressenties sous une apparente docilité avaient eu raison de ses dernières hésitations. Mais il ne lui avait fallu que quelques jours pour se rendre compte que son employée n'était pas aussi malléable que sa jeunesse le lui avait laissé supposer et qu'il faudrait compter avec son caractère bien affirmé.

Très rapidement, Julia avait désapprouvé la fâcheuse tendance de Cassidy à dépasser le cadre de son simple statut de vendeuse pour se montrer trop amicale avec les clientes de la boutique.

Elle avait même dû intervenir à plusieurs reprises, sermonnant la jeune femme sur l'inutilité d'abreuver la clientèle de conseils qu'elle jugeait malvenus, ou de plaisanter avec elle de façon déplacée.

C'est ainsi qu'au bout de trois mois Julia Wilson nourrissait de sérieux doutes quant aux qualités de vendeuse de Cassidy St. John et au bien-fondé de la garder au sein de son équipe.

Cassidy avait repris son poste devant la cabine d'essayage et écoutait d'une oreille distraite le bruissement des tissus, tandis que son esprit s'évadait vers des horizons nouveaux. Comme chaque fois qu'elle en avait l'opportunité, la jeune femme rêvait du moment où elle reprendrait l'écriture du nouveau manuscrit qu'elle avait commencé et qui l'attendait sur son bureau.

Du plus loin qu'elle s'en souvenait, Cassidy avait toujours voulu devenir écrivain et, pour s'en donner les moyens, s'était employée à étudier sérieusement durant les quatre années qu'elle avait passées à l'université. Et même lorsque le décès de son père l'avait rendue prématurément orpheline à l'âge de dix-neuf ans, l'obligeant à subvenir, seule, à ses besoins, elle n'avait jamais renoncé à son rêve.

C'est ainsi que, de petit boulot en petit boulot, elle avait toujours fait en sorte de trouver le temps nécessaire pour se consacrer à l'écriture de son premier roman.

Pour elle, écrire était une passion qui laissait peu de temps à d'autres centres d'intérêt. La psychologie humaine la fascinait et elle utilisait le sens aigu de l'observation dont elle était dotée pour imaginer les personnages complexes qui peuplaient ses œuvres.

Un an après la fin de ses études universitaires, et bien que son premier manuscrit n'ait pas trouvé preneur dans les différentes maisons d'édition auxquelles elle l'avait adressé, Cassidy s'était attelée à la rédaction de son deuxième roman.

Elle était très loin de là, en train d'imaginer la nouvelle version d'un passage dramatique, lorsque la voix aigrelette de Mme Sommerson, qui venait d'ouvrir la porte de la cabine, lui parvint, la tirant de la profonde réflexion dans laquelle elle était plongée.

— Celle-ci n'est pas mal, qu'en pensez-vous ? demanda Mme Sommerson en examinant sous toutes les coutures la robe de soie carmin qui boudinait ses formes épanouies et accentuait son teint rubicond.

Cassidy considéra sans indulgence le tissu tendu à l'extrême sur la poitrine généreuse et les hanches larges de Mme Sommerson. Néanmoins, elle jugea qu'en prenant la taille supérieure et en l'agrémentant de quelques accessoires cette robe pourrait avoir beaucoup d'allure.

— Vous allez attirer tous les regards, commenta la jeune femme avec diplomatie. Néanmoins... si je peux me permettre une remarque, je pense que vous devriez essayer un modèle un peu plus grand.

— Je vous demande pardon ?

La voix de Mme Sommerson était montée d'un cran, signe chez elle d'une profonde contrariété.

Mais Cassidy, parfaitement inconsciente de la foudre qui menaçait dangereusement, poursuivit en toute innocence :

— Je pense qu'une taille au-dessus devrait vous aller parfaitement, répéta-t-elle. Celle-ci vous serre un peu.

L'opulente poitrine de Mme Sommerson s'abaissa et se souleva, vibrante d'une indignation contenue.

— Je connais ma taille tout de même, mademoiselle ! riposta-t-elle avec humeur.

Toujours indifférente au ton offusqué de sa cliente, Cassidy hocha la tête et lui sourit gentiment.

— Un collier en or. Voilà ce qu'il vous faudrait ! Je reviens dans une minute, je vais vous chercher la bonne taille.

— Je vous l'interdis ! s'exclama Mme Sommerson

en martelant si violemment chacune de ses paroles que Cassidy comprit enfin qu'elle avait commis une erreur.

Elle cherchait désespérément un moyen de flatter l'ego malmené de Mme Sommerson, lorsque Julia, alertée par les éclats de voix, fit son apparition.

— Quel choix judicieux, madame Sommerson ! commenta-t-elle de sa belle voix grave.

Puis, affichant un sourire qui se voulait neutre, elle regarda tour à tour Cassidy et sa cliente avant de demander :

— Y a-t-il un problème ?

Suffoquant d'indignation, Mme Sommerson inspira profondément avant de répondre :

— Cette jeune personne tient absolument à me faire croire que je me suis trompée de taille.

— Mais pas du tout..., protesta Cassidy qui s'interrompit net en remarquant le regard sévère que sa patronne braquait sur elle.

— Je pense que ce qu'a voulu dire mon employée, rectifia Julia avec diplomatie, c'est que ces robes ont une coupe spéciale qui ne reflète pas la réalité des tailles.

Satisfaite, Mme Sommerson renifla bruyamment et lança un regard désapprobateur à Cassidy.

— Eh bien, je ne comprends pas pourquoi cette jeune écervelée ne me l'a pas dit au lieu d'insinuer que j'étais trop grosse.

Puis, drapée dans sa dignité outragée, elle pivota pour retourner dans la cabine et lança sans se retourner :

— Vraiment, Julia, vous devriez mieux choisir votre personnel !

Un mélange d'incompréhension et d'injustice assombrit le visage de Cassidy tandis qu'elle détaillait les coutures tendues à craquer sur l'imposant postérieur de Mme Sommerson. Mais le regard réprobateur dont elle était l'objet la dissuada de toute tentative visant à se justifier.

— Je vais m'occuper personnellement de vous, madame Sommerson, annonça Julia de sa voix lisse avant d'ajouter plus bas à l'intention de Cassidy : Quant à vous, allez m'attendre dans mon bureau.

Le cœur gros, la jeune femme regarda Julia s'éloigner. Elle connaissait trop bien ce ton sans réplique qui signifiait son arrêt de mort. Trois mois, soupira-t-elle. Elle n'aurait tenu que trois mois ! Elle jeta un dernier regard sur la porte de la cabine d'essayage et emprunta le couloir étroit qui menait au bureau de Julia.

Elle fit pour la dernière fois le tour de la petite pièce décorée avec goût, s'attardant sur le moindre détail afin d'en graver le souvenir dans sa mémoire, et s'installa dans le fauteuil en bronze où elle s'était assise trois mois auparavant. Mais cette fois ce serait pour s'entendre dire qu'elle était renvoyée.

Cassidy repoussa une mèche de cheveux rebelle et essaya de se représenter la scène...

Julia prendrait posément place derrière son bureau de bois de rose, froncerait les sourcils d'un air réprobateur puis s'éclaircirait la gorge avant de commencer :

— Cassidy, vous êtes une jeune femme charmante, mais voyez-vous... vous n'avez pas vraiment le cœur à ce que vous faites.

— Madame Wilson, protesterait la jeune femme pour sa défense, je ne pouvais décemment pas laisser faire une chose pareille ! J'étais...

Julia l'interromprait alors sans se départir de son éternel sourire courtois.

— Bien sûr que non, dirait-elle d'une voix toujours aussi égale. Néanmoins, notre but n'est pas d'ôter leurs illusions à nos clientes, ni de froisser leur amour-propre. Vous comprenez, le tact et la diplomatie sont des qualités essentielles chez une vendeuse et je crains bien que vous manquiez de l'un comme de l'autre.

Elle prendrait le temps de croiser sur son bureau ses doigts aux ongles impeccablement vernis et poursuivrait :

— Dans une boutique comme celle-ci, je dois pouvoir me reposer sur mon personnel. Sans aucune réserve. Bien sûr, si c'était le premier incident de ce genre, je saurais me montrer indulgente, mais...

Cassidy imagina Julia poussant un petit soupir avant de reprendre :

— Mais, la semaine dernière, je vous ai entendue dire à Mme Teasdale que le crêpe noir qu'elle avait choisi lui donnait l'air d'une veuve. Les jugements personnels ne font pas partie de la politique de la maison, Cassidy.

— Je comprends parfaitement, madame Wilson, mais j'ai pensé qu'avec son teint blafard et sa couleur de cheveux...

— Du tact et de la diplomatie, répéterait Julia en levant un doigt accusateur. Vous auriez pu lui suggérer qu'un bleu marine irait à ravir avec le bleu de ses yeux ou qu'un rose fuchsia rehausserait son teint de porcelaine. Nous devons chouchouter notre clientèle et faire en sorte que chaque femme franchisse la porte de cette boutique avec l'impression d'avoir fait l'acquisition d'un produit rare, spécialement étudié pour elle.

— Je sais tout cela, madame Wilson, mais je déteste l'idée que quelqu'un puisse acheter quelque chose qui ne lui convient pas du tout ! Et c'est pour cette raison que je...

Julia ne la laisserait pas terminer et porterait l'estocade finale :

— Vous avez bon cœur, Cassidy, mais il faut vous rendre à l'évidence, vous n'êtes pas faite pour ce métier. Enfin... en tout cas, pas dans ce genre de boutique. Mais ne vous inquiétez pas, je vous paierai une semaine entière de travail et vous partirez avec une lettre de recommandation. Vous devriez peut-être tenter votre chance dans un grand magasin...

Ce fut précisément au terme du scénario qu'elle venait d'élaborer que Cassidy entendit la porte s'ouvrir derrière elle. Julia alla s'asseoir à son bureau, fronça les sourcils et s'éclaircit la gorge.

— Cassidy, vous êtes une jeune femme charmante...

*
* *

Une heure plus tard, Cassidy se mêlait à la foule dense qui déambulait sur les quais de la ville et savourait l'ambiance qui y régnait. Elle adorait le mélange d'odeurs, de couleurs et de sons qui était le propre de ce coin pittoresque de San Francisco. Elle adorait cette ville qu'elle jugeait parfaite, où rêve et réalité se côtoyaient dans une union harmonieuse.

Elle flâna longtemps entre les étals des marchés, piochant au hasard des bijoux de pacotille qu'elle faisait miroiter au soleil, caressant la soie douce des écharpes multicolores qui flottaient au vent.

Puis, lorsque le soleil commença à décliner, elle laissa ses pas la guider nonchalamment vers l'océan. Elle se grisa de la puissante odeur d'iode qui emplissait l'air et assista, fascinée, au spectacle des vendeurs ambulants qui, au gré de leurs commandes, plongeaient des crabes vivants dans d'énormes chaudrons d'eau bouillante. Là aussi, l'endroit, jalonné de restaurants et de petites échoppes bon marché, grouillait de vie. Cassidy dîna d'un bretzel chaud puis se perdit dans la contemplation du disque parfait du soleil qui, enveloppé d'un voile de brume, disparaissait à l'horizon. La brise fraîche qui se leva brusquement lui fit resserrer un peu plus sur elle sa veste en lainage.

Ses pensées la ramenèrent à Mme Sommerson et elle songea avec amertume qu'à cause des hanches trop rondes de cette dernière elle se retrouvait une fois encore sans travail. Elle qui ne visait qu'à rendre service, c'était réussi !

D'un geste rageur, elle retira les pinces qui emprisonnaient ses cheveux et sentit avec bonheur ses longues boucles épaisses cascader sur ses épaules.

Elle arpentait les docks, soucieuse à présent. Comment allait-elle faire, sans ce boulot stupide, pour payer son loyer et acheter les rames de papier dont elle avait besoin pour écrire son roman ? Elle effectua un rapide calcul mental et décida qu'elle y parviendrait si elle économisait sur la nourriture durant quelques jours.

« Je ne serai pas le premier écrivain à San Fransisco à devoir se serrer la ceinture pour vivre », décida-t-elle fermement en songeant avec regret que le bretzel qu'elle venait d'avaler trop rapidement était peut-être son dernier repas avant longtemps. Elle sourit de sa capacité à dédramatiser et, fourrant ses mains glacées dans ses poches, poursuivit sa promenade.

Un printemps à San Francisco

Tel un spectre fantomatique, la brume se déployait à présent sur toute la surface de l'eau et, insatiable, semblait ramper vers la terre. Ce n'était pas la masse épaisse et opaque qui, certains jours, noyait et paralysait la ville, mais un voile léger dans lequel de petites trouées laissaient passer les dernières flammèches du soleil agonisant.

Tout comme le temps, l'humeur de Cassidy fluctuait, et elle oublia vite l'angoisse qui venait de l'étreindre pour se tourner résolument vers une vision plus optimiste de son avenir. Elle était jeune, volontaire et croyait fermement au destin. Et le sien était d'écrire. Les places de vendeuse qu'elle avait occupées ou les nouvelles qu'elle vendait parfois à des magazines, tout cela l'aidait à survivre et lui permettait de poursuivre son rêve. Elle avait passé ses quatre années d'université à perfectionner son art, et aucun des rares hommes qu'elle avait fréquentés alors n'était parvenu à la faire dévier de la vie qu'elle s'était choisie et du but qu'elle avait décidé d'atteindre.

Et ce n'était pas la perte de son travail qui allait anéantir son rêve de toujours, décréta-t-elle avec optimisme. Après tout, elle saurait se contenter de peu, n'importe quel boulot ferait l'affaire.

Vendeuse d'appareils ménagers, pourquoi pas ? Au moins aurait-elle l'assurance de ne froisser l'ego de personne en vendant un lave-vaisselle ou un grille-pain. Forte de cette décision, elle écarta les dernières pensées négatives qui subsistaient encore et se pencha par-dessus la rambarde, attentive au clapotis des vaguelettes qui s'écrasaient contre la coque des bateaux. Dans un élan de bonheur intense elle se redressa et offrit son visage aux embruns apportés par la brise marine.

Se sentant d'humeur rêveuse, elle leva le nez vers le ciel pour observer le ballet incessant des mouettes, mais une main l'agrippa soudain fermement par l'épaule et la força à pivoter sue elle-même. Paniquée, incapable d'émettre le moindre son, elle se retrouva face à un inconnu qui la dépassait d'une bonne tête.

Elle leva les yeux vers un visage aux traits énergiques qu'encadrait un foisonnement de boucles brunes désordonnées et qui, s'il n'avait été adouci par une bouche pleine et sensuelle et une fossette au menton, aurait pu paraître dur. L'étranger fixait sur elle un regard d'un bleu si profond qu'on aurait pu le croire noir et Cassidy s'en voulut de penser que, si elle ne s'était sentie

21

en danger, elle aurait pu le trouver beau. Elle devina, plus qu'elle ne le vit, le corps athlétique pressé contre le sien.

Le premier choc passé, Cassidy rassembla ses esprits et serra son sac contre elle.

— Je vous préviens, je n'ai que dix dollars sur moi, annonça-t-elle crânement, et j'en ai sûrement autant besoin que vous.

— Taisez-vous, lui ordonna brièvement l'inconnu en détaillant son visage si intensément qu'elle en frissonna.

Et lorsqu'il lui releva le menton de ses deux mains en coupe, la panique la gagna de nouveau. Sans un mot, il fit pivoter la tête de la jeune femme d'un côté, puis de l'autre, scrutant elle ne savait quoi de son regard hypnotique.

Elle chercha à se dégager, mais l'étreinte se resserra.

— Tenez-vous donc tranquille, commanda l'homme d'une voix grave où perçait une pointe d'impatience.

Cassidy avala péniblement sa salive et tenta de jouer le tout pour le tout.

— Sachez que je suis ceinture noire de karaté, affirma-t-elle en affichant un calme qu'elle était loin de ressentir. Et que je peux vous casser les deux bras si vous tentez de me brutaliser.

Tout en parlant, elle jeta un rapide coup d'œil par-dessus son épaule et vit avec désespoir les lumières des restaurants s'estomper dans la brume. Elle constata avec terreur qu'elle était seule avec un étranger qui, manifestement, ne lui voulait aucun bien.

— Je suis capable de couper en deux une brique à main nue, si je veux, poursuivit-elle, bien que consciente du peu d'effet que ses paroles avaient sur l'étranger. Et je peux aussi me mettre à hurler, alors je vous conseille de me lâcher immédiatement.

— Parfait, murmura l'homme, comme s'il n'avait pas entendu un seul mot de ce qu'elle venait de dire.

Lorsqu'il se mit à promener un doigt léger sur le menton de Cassidy, le cœur de cette dernière s'emballa.

— Absolument parfait, répéta-t-il. C'est exactement ce qu'il me faut.

Ses yeux s'éclaircirent, un sourire flotta sur ses lèvres et une intense satisfaction se peignit alors sur son visage. Cassidy fut si surprise par la métamorphose qu'à son tour elle se mit à détailler cet homme dont le comportement était aussi bizarre que déroutant.

— Pourquoi faites-vous une chose pareille ? demanda l'inconnu qui semblait enfin revenir sur terre.

— De quoi parlez-vous ? demanda Cassidy.

— Pourquoi coupez-vous des briques en deux à main nue ?

Embarrassée par l'énormité de son mensonge, la jeune femme ne put que balbutier :

— Eh bien, heu… ce sont des choses qu'on nous apprend à l'entraînement et il faut savoir réagir très vite en cas de…

Cassidy s'interrompit, comprenant soudain toute l'absurdité qu'il y avait à discuter ainsi avec un maniaque qui lui tenait toujours fermement le menton entre ses doigts.

— Vous feriez mieux de reprendre votre chemin et de me laisser partir avant qu'il ne soit trop tard, dit-elle d'une voix qu'elle voulait menaçante.

L'homme parut ne pas entendre.

— Vous êtes exactement la femme que je recherche, reprit-il comme pour lui-même.

Cassidy crut percevoir une pointe d'accent étranger, mais ne chercha pas à deviner lequel, trop occupée qu'elle était à trouver une nouvelle parade pour se sortir de cette situation délicate.

— Je suis vraiment désolée mais moi, je ne suis pas intéressée, voyez-vous. Je suis mariée à un joueur de football extrêmement jaloux qui mesure un mètre quatre-vingt-dix et pèse près de cent kilos. D'ailleurs il ne va pas tarder à arriver, alors si j'étais vous je prendrais ces fichus dix dollars et je m'en irais très vite !

— Mais de quoi diable parlez-vous ? demanda l'homme qui, enfin, avait paru écouter le discours de la jeune femme. Vous n'avez tout de même pas cru que j'allais vous agresser ?

Un éclair d'irritation passa dans son regard tandis qu'il précisait d'un ton exaspéré :

— Ma chère enfant, je n'ai pas l'intention de vous délester de vos dix dollars et encore moins de vous violenter. Non, ce que je veux, c'est vous peindre.

— Me peindre ? s'exclama Cassidy, à présent intriguée. Vous êtes artiste peintre ?

Elle considéra attentivement le visage de flibustier qui lui faisait face, doutant de ce qu'elle venait d'entendre.

— Quel genre de peintre êtes-vous ? s'enquit-elle, encore méfiante.

— Le genre excellent, répondit-il avec aplomb tout en retournant à l'étude attentive des traits de la jeune femme. Je suis célèbre, talentueux et… lunatique, conclut-il avec un charmant sourire.

Cassidy, subjuguée au point d'oublier d'avoir peur, reconnut alors les inflexions de l'accent irlandais.

— Je suis réellement impressionnée.

— Je n'en doute pas, et c'est bien normal, concéda l'artiste avec une pointe de suffisance.

Il examina une dernière fois le profil droit de Cassidy puis laissa enfin retomber ses mains.

— Je vis sur une péniche à deux pas d'ici. Allons-y, je pourrai procéder tout de suite à quelques esquisses.

Une petite lueur amusée dansa dans le regard de Cassidy. Elle savait maintenant qu'elle ne courait aucun danger, mais elle éprouva néanmoins le besoin de le taquiner un peu et de résister à son tempérament autoritaire.

— Qu'est-ce qui m'assure que vous dites la vérité ? Après tout, vos fameuses esquisses ne sont peut-être qu'un prétexte pour m'attirer dans votre antre.

L'homme poussa un profond soupir et Cassidy put déceler de nouveau sur son visage une ombre de contrariété. Manifestement, il n'aimait pas qu'on lui tienne tête.

— Décidément, vous n'y êtes pas du tout ! Ecoutez, mademoiselle... Comment vous appelez-vous ?

— Cassidy. Cassidy St. John.

— Oh non ! Moitié anglaise, moitié irlandaise. Si, avec ça, je n'ai pas de problème..., maugréa-t-il.

Il fourra ses mains dans ses poches et la regarda obstinément, bien déterminé à la faire céder.

— Cassidy, je n'ai nullement besoin de vos dix dollars, croyez-le bien, et je n'en veux pas à votre vertu. Et si vous acceptiez de me suivre, vous verriez que j'ai tout mon matériel de peintre à bord.

Cassidy, complètement détendue, rejeta en arrière les lourdes boucles brunes qui lui balayaient le visage. Elle nota en douce le petit sourire crispé de l'inconnu et décida de continuer sur le même mode ingénu.

— Avec de si piètres arguments, je ne suivrais même pas Michel-Ange en personne !

— Très bien, admit-il, une note d'impatience dans la voix. Et si je vous propose d'aller boire un café dans un endroit bien éclairé et grouillant de monde, cela vous irait-il ? De cette façon, vous ne craindrez rien et vous pourrez même briser la table en deux à main nue, si cela vous chante.

— Dans ces conditions, évidemment…

Sans lui laisser le temps d'achever sa phrase, il la prit par la main et l'entraîna à grandes enjambées vers les lumières qui filtraient faiblement à travers la brume devenue dense.

Tout le long du trajet, Cassidy ressentit l'étrange intimité de leurs deux mains jointes. Elle se demanda avec perplexité s'il se montrait toujours aussi pressé.

L'étranger poussa la porte d'un petit café miteux et tous deux prirent place autour d'une table en Formica. Dès qu'ils furent face à face, il posa sur elle son regard pénétrant, reprenant l'examen implacable des traits réguliers qu'offrait le visage de cette jeune femme dont il avait décidé de faire son modèle.

Cassidy, de son côté, se demandait quel genre

d'homme se cachait derrière ce physique séduisant d'aventurier.

La serveuse, venue prendre la commande, la tira brutalement de ses réflexions.

— Ce sera quoi pour ces messieurs dames ?

— Oh, heu… du café, s'il vous plaît.

Puis, voyant que son compagnon, toujours perdu dans sa contemplation, restait muet, elle précisa :

— Deux cafés.

Cassidy attendit que la serveuse se soit éloignée en traînant les pieds pour attirer l'attention du peintre.

— Pourquoi me regardez-vous de cette façon ? protesta-t-elle. Cela en devient grossier. Et très embarrassant.

— La lumière n'est pas terrible ici, mais c'est tout de même mieux qu'à travers le brouillard. Ne froncez pas les sourcils, ordonna-t-il, cela vous creuse une petite ride, là.

Il effleura du bout du doigt une ligne fine entre les sourcils de la jeune femme, puis reprit son soliloque.

— Votre visage est d'une beauté exceptionnelle. En revanche, je n'arrive pas à décider si la couleur de vos yeux, qui tire indéniablement vers le violet, est un avantage ou un inconvénient.

Cassidy ruminait encore cette nouvelle information lorsque la serveuse revint avec les deux cafés. L'inconnu prit le crayon qu'elle avait accroché à la poche de son tablier et lui adressa un sourire charmeur.

— Je vous l'emprunte dix minutes. Cassidy, détendez-vous, buvez votre café, faites comme si je n'étais pas là.

Et tandis que la jeune femme lui obéissait docilement, il commença à griffonner sur le set de table en papier placé devant lui.

— Est-ce qu'il va falloir que nous nous organisions par rapport à vos horaires de travail ou est-ce que les moyens financiers de votre mari imaginaire suffisent à vous faire vivre ? demanda-t-il sans lever les yeux de son esquisse.

Cassidy se força à garder un ton désinvolte.

— Comment savez-vous que j'ai menti ?

— La même intuition que celle qui me fait dire que vous seriez bien incapable de casser en deux une brique de votre seule petite menotte, continua-t-il, imperturbable. Alors, Cassidy, avez-vous un métier ?

— J'ai été renvoyée cet après-midi, marmonna la jeune femme en plongeant le nez dans sa tasse.

— C'est parfait, cela simplifie les choses. Cessez de froncer les sourcils, ou vous apprendrez très vite que la patience n'est pas mon fort. Evidemment, je paierai vos séances de pose. Si tout se passe comme je le souhaite, je pense en avoir pour environ deux mois. Ne soyez pas choquée, Cassidy, mes intentions sont honnêtes et honorables. Et ce, depuis le début. C'est votre imagination débordante qui...

— Mon imagination n'est pas si débordante que ça! coupa Cassidy, indignée par ce qu'elle considérait comme de la mauvaise foi. Quand un inconnu surgit des ténèbres pour vous saisir par le bras comme vous l'avez fait...

— Surgi? Je n'ai pas l'impression d'avoir surgi, comme vous dites.

— De mon point de vue, si, maugréa-t-elle en avalant une gorgée de son café.

Son regard s'arrêta soudain sur le portrait qu'il venait d'esquisser. Interdite, les yeux écarquillés d'admiration, elle posa machinalement sa tasse devant elle.

— C'est magnifique! s'exclama-t-elle.

En quelques coups de crayon, il avait su capter l'essence même de sa personnalité.

— C'est vraiment magnifique ! répéta-t-elle, encore sous le choc. Vous avez un talent fou ! En fait, je peux bien vous le dire maintenant, je vous prenais pour un charlatan.

— Eh bien, vous vous trompiez, répliqua-t-il d'un ton neutre en ébauchant tranquillement un second portrait.

Reconnaissant à présent la qualité de son art, Cassidy s'enflamma et laissa libre cours à son imagination. Deux mois de travail stable ! Deux mois avant d'envisager de nouveau de vendre des grille-pain ! Deux mois durant lesquels elle aurait toutes ses soirées libres pour se consacrer pleinement à l'écriture ! C'était une chance inespérée, un véritable don du ciel ! D'ici là, elle aurait probablement des nouvelles de la maison d'édition qui avait souhaité garder son manuscrit pour l'étudier de plus près. Finalement, décida-t-elle, pleine d'entrain et d'optimisme, c'était le destin qui lui avait envoyé Mme Sommerson cet après-midi ! Cette chère Mme Sommerson, sans qui cette rencontre extraordinaire n'aurait pas eu lieu !

Mais soudain le doute s'insinua dans son esprit et elle lui demanda :

— Vous êtes sérieux ? Vous voulez vraiment que je pose pour vous ?

— Vous êtes exactement le modèle que je recherchais, confirma-t-il en mettant la dernière touche à son dessin. Et je veux que vous commenciez demain. A 9 heures, ce serait parfait.

— Oui, mais...

— N'attachez pas vos cheveux, et surtout pas de maquillage ! Un peu de Rimmel, si vous voulez.

— Mais je n'ai pas dit que...

— J'imagine que vous aurez besoin de mon adresse, poursuivit-il sans tenir compte des protestations de Cassidy. Vous connaissez bien la ville ?

— J'y suis née, annonça la jeune femme avec fierté. Mais je...

Une nouvelle fois, il coupa court à toute objection.

— Bien, alors vous devriez trouver mon atelier sans problème.

L'affaire étant pour lui entendue, il griffonna hâtivement son adresse au bas du set en papier, puis, une dernière fois, gratifia Cassidy de son regard pénétrant. Ils restèrent ainsi quelques secondes, les yeux dans les yeux, imperméables au cliquetis des couverts qui s'entrechoquaient et au bruit confus des voix.

Sans vraiment pouvoir analyser ce qu'elle éprouvait, Cassidy sentait confusément qu'elle vivait là un moment magique, sans précédent. Mais qui s'évanouit aussi vite qu'il était apparu.

L'inconnu se leva enfin, lança sur la table quelques pièces de monnaie et dit simplement avant de partir :

— A demain. 9 heures.

Lorsqu'elle fut seule, Cassidy observa de plus près les deux portraits que l'artiste avait esquissés. Elle en dessina le contour du bout des doigts, comme lui-même l'avait fait sur son visage un peu plus tôt. Puis elle plia avec le plus grand soin les deux feuilles de papier et les glissa dans son sac à main.

Elle ne risquerait rien à tenter l'expérience une fois et, si cela ne lui plaisait pas, eh bien, elle resterait libre de refuser sa proposition. Elle repensa, dans un froncement de sourcils inquiet, à l'autorité dont il avait fait preuve, ne lui laissant à aucun moment la possibilité de s'exprimer.

« Il me suffira de refuser », se répéta-t-elle fermement à voix haute, comme pour se rassurer.

Forte de cette détermination, elle se leva et quitta l'endroit.

Chapitre 2

Il était encore tôt, mais l'air déjà tiède du matin promettait une journée précocement chaude.

Ne sachant trop quelle était la tenue de rigueur pour une rencontre de ce genre, Cassidy opta pour la simplicité et enfila un jean et un T-shirt blanc à manches longues. Comme l'avait exigé l'artiste, elle avait laissé ses cheveux flotter sur ses épaules et le maquillage qu'elle avait adopté était si léger qu'il ne laissait soupçonner aucun artifice.

Cassidy n'avait pas encore décidé si elle allait accepter de poser pour le fascinant et non moins étrange inconnu rencontré dans le brouillard, mais, la curiosité l'emportant, elle avait bien l'intention de se rendre au rendez-vous fixé.

Elle vérifia une dernière fois qu'elle avait bien dans son sac le petit calepin dans lequel elle avait recopié les coordonnées du mystérieux peintre, puis elle partit prendre le tramway qui l'emmènerait au cœur de la cité.

Elle avait été surprise de noter que son atelier était situé dans un quartier huppé de la ville. Elle l'aurait plutôt imaginé dans le quartier animé et coloré où elle-même avait élu domicile, et où était regroupé tout ce que San Francisco comptait d'écrivains, de musiciens et d'artistes en tout genre. Elle aimait l'ambiance un peu bohème qui y régnait et qui correspondait si bien à son caractère anticonformiste.

Peut-être cet atelier était-il le fait de la générosité d'un riche mécène, conclut-elle légèrement. Pourtant, à bien y réfléchir, rien dans son physique ne trahissait l'artiste. Si, rectifia-t-elle. Ses mains. C'était, se souvint Cassidy, les plus belles mains qu'elle ait jamais vues. De belles mains carrées, puissantes, aux doigts pourtant longs et fins. Elle frissonna au souvenir de leur contact sur sa peau.

Elle revit très clairement son visage énergique, d'une rare distinction, le bleu incroyable de ses yeux, et songea que si elle-même avait été peintre, elle n'aurait pas manqué de le prendre pour modèle. Bizarrement, elle eut soudain l'impression fugitive de l'avoir déjà vu quelque part, mais elle chassa vite cette idée, certaine de l'absurdité d'une telle hypothèse.

La cloche du tramway la tira brutalement de sa rêverie.

« Quelle idiote je fais ! se sermonna-t-elle. Fantasmer sur un inconnu dont je ne connais même pas le nom ! »

Elle sauta du tram sur le trottoir et, le nez au vent, se mit en quête du numéro inscrit sur le papier. Elle retrouva, dans ce quartier pourtant si différent du sien, le mélange fascinant d'exotisme, de romantisme et de modernisme qui caractérisait si bien cette mégapole fascinante. Partout se retrouvait cette étrange dualité qui faisait que l'ancien côtoyait le moderne, que les vieux tramways brinquebalants voisinaient sans complexe avec les immenses tours de verre et d'acier.

« La Galerie », lut Cassidy en fronçant les sourcils, sceptique, lorsqu'elle eut trouvé le numéro qu'elle cherchait. Se pouvait-il qu'elle se soit trompée ? Mais non : après vérification, elle était à la bonne adresse. Elle se souvenait parfaitement du battage fait autour de l'ouverture de cet endroit prestigieux, cinq ans auparavant.

Depuis, sa réputation n'était plus à faire et le lieu était considéré comme ce qui se faisait de mieux en matière de galerie d'art. Une exposition dans ces locaux avait le pouvoir de lancer la carrière d'un artiste inconnu ou d'asseoir à jamais celle d'un artiste confirmé.

Collectionneurs ou amateurs avaient pour habitude de se retrouver ici pour acheter, admirer, critiquer ou plus simplement être vus. Car il était de bon ton de fréquenter ce haut lieu de l'art contemporain, curieux mélange, là aussi, de classicisme et d'originalité.

Cassidy savait, pour s'y être rendue par le plus grand des hasards quelques semaines auparavant, que le bâtiment, à l'architecture simple et sans prétention, renfermait des trésors de peinture et de sculpture. Et elle n'ignorait pas non plus que le propriétaire de cette magnifique galerie était le fameux Colin Sullivan.

Soudain, toutes les pièces du puzzle s'imbriquèrent et la lumière se fit dans son esprit. Elle connaissait Colin Sullivan pour avoir vu sa photo dans les nombreux magazines qui s'intéressaient de près aux moindres faits et gestes de ce séduisant célibataire. Elle y avait appris qu'il était un immigrant irlandais venu s'installer aux Etats-Unis quinze ans plus tôt, et qu'à l'âge de vingt ans à peine il était déjà un peintre connu et reconnu. Il avait la réputation d'être brillant mais également impatient et était sujet à de fréquentes sautes d'humeur. Aujourd'hui, d'après les estimations de Cassidy, il devait avoir environ trente ans et n'était toujours pas marié, bien qu'on lui ait prêté deux liaisons sérieuses, avec une princesse russe d'abord, puis avec une danseuse étoile.

Ses toiles, sitôt exposées, s'arrachaient à des prix exorbitants, mais il possédait la rare élégance de ne pas réclamer de pourcentage sur les ventes effectuées.

Car le grand Colin Sullivan peignait avant tout pour son plaisir.

« Et il veut que je pose pour lui », songea rêveusement Cassidy en repoussant les mèches rebelles qui chatouillaient son visage.

Il avait poliment refusé de faire le portrait d'une des plus grandes stars d'Hollywood, mais voulait à tout prix peindre celui de Cassidy St. John, écrivain au chômage dont le seul titre de gloire était d'avoir vu une de ses nouvelles publiée dans un magazine à grand tirage.

Le rouge aux joues, elle se rappela soudain les absurdités dont elle l'avait abreuvé et les horreurs dont elle l'avait soupçonné. Et avec quelle innocente audace elle avait osé dire à l'un des plus grands peintres du moment « qu'il possédait un talent fou » !

Elle décida finalement que sa réaction, compte tenu des circonstances, avait été totalement justifiée et qu'il n'y aurait eu aucun malentendu si Colin Sullivan avait daigné décliner son identité. Elle décréta également qu'elle avait d'autant moins de raisons d'être embarrassée que c'était lui qui avait insisté pour qu'elle vienne le voir et lui encore qui avait tout mis en œuvre pour organiser cette rencontre.

« Et après tout, se répéta-t-elle pour se donner du courage, je ne sais pas encore si je vais accepter sa proposition. »

Elle changea son sac d'épaule, regrettant soudain de n'avoir pas choisi une tenue un peu plus originale, sinon plus chic. Elle inspira profondément puis se dirigea d'un pas assuré vers l'entrée principale de la galerie. La porte était verrouillée.

Elle fit une nouvelle tentative. Peine perdue. Peut-être était-elle en avance ? Peut-être existait-il une entrée de service ? Cassidy fit le tour du bâtiment et découvrit une porte latérale qui, elle aussi, refusa de s'ouvrir. Sans se décourager, elle poursuivit l'inspection des lieux, mais sa troisième tentative sur une troisième porte se révéla elle aussi infructueuse. Elle était sur le point d'abandonner lorsqu'elle avisa un escalier de bois extérieur qui menait à un étage supérieur.

Elle leva la tête et le soleil qui se reflétait sur une rangée de hautes fenêtres la fit cligner des yeux.

« Si j'étais peintre, c'est là que j'aurais mon atelier », observa-t-elle avec logique en s'engageant sur la première marche.

Parvenue sur le palier, elle se dirigea sans hésiter vers la porte qui lui faisait face et, la main sur la poignée, s'apprêtait à ouvrir lorsque son instinct la fit se raviser : mieux valait frapper. Elle tentait d'évaluer la hauteur vertigineuse qui la séparait du sol lorsque la porte s'ouvrit à la volée.

Colin se tenait sur le seuil, sourcils froncés, visage impatient.

— Vous êtes en retard, grommela-t-il sans préambule.

Puis, sans lui laisser le temps de répliquer, il la prit par la main et la fit entrer dans la pièce.

Une forte odeur de peinture et de térébenthine la saisit à la gorge.

Cassidy constata avec surprise que l'homme n'était pas plus impressionnant en plein jour que dans l'opacité du brouillard.

Usant des mêmes gestes que la veille, il releva le menton de la jeune femme entre ses mains.

— Monsieur Sullivan..., commença faiblement Cassidy.

Colin l'interrompit d'un « chut » péremptoire avant de retourner à l'étude attentive de son modèle.

— C'est beaucoup mieux en pleine lumière. Venez un peu par ici, je veux commencer tout de suite.

— Monsieur Sullivan..., tenta de nouveau Cassidy tandis que l'artiste, sourd aux protestations de la jeune femme, la traînait à sa suite dans une pièce plus aérée où se trouvaient quantité de toiles.

— J'ai besoin d'en savoir un peu plus avant de m'engager, vous comprenez.

— Asseyez-vous ici, commanda Colin en lui désignant un tabouret. Et redressez-vous ! ajouta-t-il avant de lui tourner le dos.

— Monsieur Sullivan ! s'impatienta Cassidy.

Pourriez-vous, s'il vous plaît, écouter ce que j'ai à vous dire ?

— Tout à l'heure, promit-il en revenant s'asseoir face à elle, armé d'un bloc de papier à dessin et d'un fusain. Pour le moment, taisez-vous.

Résignée, Cassidy poussa un profond soupir et posa ses mains sur ses cuisses. Elle n'avait plus qu'à le laisser dessiner ses fichus portraits si elle voulait avoir une chance de se faire entendre.

En attendant, elle laissa son regard errer autour de la pièce. Elle aimait par-dessus tout les larges baies qui laissaient entrer le soleil à flots et les lucarnes d'où elle pouvait apercevoir des lambeaux d'un ciel merveilleusement bleu. Le sol était recouvert d'un plancher de bois clair, étoilé çà et là de petites éclaboussures de peinture. Des dizaines de toiles dépourvues de cadre étaient posées, pêle-mêle, contre les murs dont le beige clair renforçait la luminosité naturelle de l'endroit. Au centre trônait une immense table rectangulaire qui disparaissait sous un amoncellement de pinceaux, de tubes de peinture ouverts et de vieux chiffons maculés de taches de couleurs. Un vieux canapé avachi, trois chaises de bois et deux autres tabourets complétaient le mobilier pour le moins hétéroclite de la pièce.

— Regardez par la fenêtre, à présent, lui ordonna sèchement Colin. Je veux dessiner votre profil.

Docilement, Cassidy s'exécuta. Le spectacle d'une mésange affairée à construire son nid dans les branches d'un chêne la tira momentanément de l'ennui dans lequel elle se sentait sombrer. Fascinée, elle observait l'oiseau qui, sans répit, voletait de-ci, de-là, transportant dans son bec les matériaux nécessaires à la construction de son foyer.

Un sourire attendri flotta sur les lèvres de Cassidy.

— Que regardez-vous ? demanda soudain Colin, venu la rejoindre.

— Cet oiseau, là-bas, répondit-elle en pointant du doigt l'arbre où s'agitait la mésange. Regardez comme elle semble déterminée à finir ce qu'elle a commencé. Vous vous rendez compte ? Elle arrive à se construire un nid avec des bouts de ficelle, d'herbe, des petits bouts de rien qui sont autant de trésors pour un oiseau. Nous, nous avons besoin de briques, de béton, de murs solides et eux, avec trois fois rien, sans outils, sans mains, ils parviennent à se bâtir une maison parfaite. C'est merveilleux, vous ne trouvez pas ?

Cassidy tourna la tête vers lui, surprise de le savoir si proche d'elle. Renforçant leur proximité, il se pencha un peu plus afin de suivre sa ligne de vision.

— Vous devez être encore plus parfaite que ce que j'avais imaginé, dit Colin en torsadant la chevelure de la jeune femme derrière une de ses épaules.

Troublée par ces mains qu'elle sentait sur elle, Cassidy décida de s'en tenir à sa première résolution.

— Monsieur Sullivan…

— Colin, suggéra-t-il tout en continuant à arranger les cheveux de la jeune femme. Ou Sullivan, si vous préférez.

— Colin, reprit-elle patiemment, je n'avais aucune idée de votre identité hier soir, je n'en ai pris conscience qu'une fois devant la galerie, tout à l'heure.

Elle s'écarta légèrement de lui, gênée de ce contact physique qu'il lui imposait.

— Evidemment, je suis extrêmement flattée que vous ayez envie de faire mon portrait, mais j'aimerais savoir ce que vous attendez de moi et…

— J'attends de vous que vous puissiez tenir la pose vingt minutes d'affilée sans gigoter, répondit-il en passant les cheveux de Cassidy derrière son autre épaule.

La jeune femme se raidit au contact des mains chaudes de Colin sur son cou, mais ce dernier, trop préoccupé par son travail d'artiste, semblait ne rien remarquer de son embarras.

— J'attends de vous, poursuivit-il, que vous suiviez mes instructions sans rechigner. Que vous soyez ponctuelle et que vous ne demandiez pas à partir avant l'heure pour aller rejoindre votre petit ami.

— J'étais à l'heure ! se rebiffa Cassidy. Mais vous ne m'aviez pas dit où se trouvait votre atelier, alors j'ai perdu un temps fou à chercher et à frapper à toutes les portes !

— Intelligente, aussi, commenta-t-il d'un air pince-sans-rire. Savez-vous que, lorsque vous êtes en colère, c'est votre tempérament irlandais qui prend le dessus ? Pourquoi vous a-t-on appelée Cassidy ?

— C'est le nom de famille de ma mère, répondit brièvement la jeune femme, désireuse de retourner au sujet qui l'intéressait.

— J'ai connu des Cassidy en Irlande, annonça-t-il d'un air détaché en reportant à présent toute son attention sur les longues mains fines de son modèle.

— Ma mère est morte à ma naissance ; par conséquent, je ne connais aucun membre de sa famille.

— Je vois, dit distraitement Colin. Vos mains sont très belles. Et votre père ?

— Il était originaire du Devon et il est mort il y a quatre ans. Mais vraiment, je ne vois pas pourquoi vous me posez toutes ces questions !

— Cela devrait au contraire vous intéresser de savoir que vous avez hérité des yeux et des cheveux de votre mère et du teint et de la morphologie de votre père. Vous êtes l'heureux mélange de ces deux cultures différentes, Cassidy St. John, et c'est ce qui m'a tout de suite plu en vous. J'aime votre simplicité, votre naturel, votre bon sens aussi, qui fait que vous laissez vos magnifiques cheveux, bien que rebelles, flotter en liberté sur vos épaules. Le bleu si profond de vos yeux qu'il devient violet dans votre visage à la beauté aristocratique, héritée de votre père. J'aime votre bouche pleine et sensuelle, qui, si elle n'était contrebalancée par un flegme

49

tout britannique, serait le symbole même de la passion, héritage cette fois de votre mère. Vous avez été très tôt marquée par les drames de la vie et pourtant il émane de vous un éclat, une candeur, quelque chose d'indéfinissable semblable à une aura, qui fait que vous m'avez tout de suite intéressé. La peinture que je projette de faire doit réunir certains éléments bien spécifiques que j'ai trouvés chez vous.

Colin marqua une pause puis demanda d'une voix étonnamment douce :

— Ai-je satisfait votre curiosité ?

Cassidy le regardait pensivement, tentant de se retrouver dans le portrait qu'il venait de dresser d'elle. Pouvait-on réellement être si fortement marquée par l'héritage du sang ?

— Pas tout à fait, murmura-t-elle comme pour elle-même.

Elle poussa un profond soupir puis posa sur lui des yeux pétillants d'humour.

— Mais ce dont je suis sûre, c'est que je suis vaniteuse et trop désargentée pour refuser la proposition du grand Colin Sullivan.

Elle lui adressa alors un petit sourire ingénu.

— Lorsque vous aurez terminé, je serai devenue immortelle ! J'ai toujours rêvé de l'être.

Colin éclata d'un rire franc qui emplit toute la pièce et porta à ses lèvres les mains de Cassidy qu'il tenait toujours captives entre les siennes.

— Vous êtes étonnante, Cass !

La jeune femme s'apprêtait à répliquer lorsque la porte que l'on ouvrait à la volée l'en empêcha.

— Colin, j'ai besoin de...

La jeune femme qui venait de faire irruption dans la pièce s'interrompit brutalement pour fixer un regard étonné sur Cassidy.

— Désolée, dit-elle sans lâcher des yeux les mains jointes du peintre et de son modèle. J'ignorais que tu étais occupé.

— Ce n'est pas grave, Gail, affirma Colin avec désinvolture. Tu sais bien que je verrouille ma porte lorsque je ne veux pas être dérangé. Je te présente Cassidy St. John qui va poser pour moi. Cassidy, voici Gail Kingsley, artiste talentueuse et directrice de la galerie.

Ce qui attirait en premier le regard chez Gail Kingsley, c'était sa silhouette élancée, aussi mince et souple qu'un roseau, et que mettait en valeur une robe fluide judicieusement choisie.

Sa flamboyante chevelure rousse encadrait un visage fin, et laissait apercevoir les anneaux d'or qu'elle portait aux oreilles. Ses yeux de félin d'un vert émeraude surmontaient une bouche charnue naturellement carminée. Tout en elle respirait l'énergie et la vivacité et il émanait de l'ensemble une indéniable élégance naturelle.

La nouvelle venue posa sur Cassidy un regard acéré qui mit instantanément la jeune femme mal à l'aise.

— Pas mal, commenta-t-elle en parlant de Cassidy comme s'il s'agissait d'une vulgaire marchandise. Quoique... la couleur des cheveux est un peu terne, tu ne trouves pas ?

Humiliée, Cassidy ne laissa pas à Colin le temps de répondre.

— Tout le monde ne peut pas être roux !

— C'est exact, renchérit distraitement Colin.

Puis, se tournant vers Gail, il ajouta :

— De quoi avais-tu besoin au juste ? Il faut que je me remette au travail.

Un regard, un geste, une inflexion de voix sont autant d'indicateurs du degré d'intimité qui peut exister entre deux personnes, songeait Cassidy. Et le regard qu'elle venait de surprendre entre

Colin et Gail signifiait clairement qu'ils étaient, ou avaient été, amants.

Elle en éprouva un vague sentiment de déception.

Mal à l'aise, elle tenta vainement de dégager ses mains toujours prisonnières, mais l'emprise se fit plus forte.

— C'est au sujet du tableau de Higgin *Portrait de jeune femme*. Nous avons une offre à dix mille dollars, mais Higgin ne veut rien décider sans ton accord et j'aimerais que la vente soit signée aujourd'hui.

— Qui a fait l'offre ?

— Charles Dupré.

— Dis à Higgin d'accepter. Dupré est honnête et il ne cherchera pas à discuter le prix. Autre chose ? s'enquit-il d'un ton signifiant clairement que le délai imparti était écoulé.

Le regard dangereusement étréci de Gail n'échappa pas à Cassidy.

— Rien qui ne puisse attendre. Je vais appeler Higgin tout de suite.

— Parfait, dit Colin qui, déjà, lui tournait le dos pour reporter toute son attention sur Cassidy.

Fronçant les sourcils, il repoussa de nouveau derrière l'épaule de la jeune femme ses boucles brunes indisciplinées. Gail fusilla du regard celle que, de toute évidence, elle considérait déjà comme une rivale, avant de claquer bruyamment la porte derrière elle.

Parfaitement inconscient de ce qui venait de se passer entre les deux femmes, Colin recula de quelques pas et détailla Cassidy de la tête aux pieds.

— Ça ne va pas, annonça-t-il soudain, la mine renfrognée. Ça ne va pas du tout !

Déroutée par ce revirement d'humeur, Cassidy passa une main nerveuse dans ses cheveux.

— Qu'est-ce qui ne va pas ? s'enquit-elle, anxieuse.

D'un geste vague de la main, il désigna les vêtements qu'elle portait.

— Votre tenue, voilà ce qui ne va pas !

Cassidy baissa les yeux vers son T-shirt, son jean puis ses sandales.

— Vous ne m'aviez donné aucune indication sur ce que je devais mettre, se défendit-elle. Et puis, je n'étais pas sûre d'accepter votre proposition.

Elle haussa les épaules, agacée de devoir se justifier pour une faute qu'elle n'avait pas commise.

— C'est votre faute aussi, vous n'aviez qu'à

me donner un peu plus de détails au lieu de vous enfuir comme un sauvage.

Mais Colin, absorbé dans ses pensées, paraissait ne pas l'entendre.

— Je veux de la fluidité, exprima-t-il à voix haute. Quelque chose de parfaitement lisse. Aucun angle, aucune ligne brisée. De la continuité. Et de l'ivoire pour votre teint, pas de blanc.

Fascinée, Cassidy écoutait l'artiste soliloquer et ne songea même pas à réagir lorsqu'il lui prit le poignet.

— Vous n'avez pour ainsi dire pas de formes, poursuivit-il sur le même mode, et des poignets d'enfant. Je vais accentuer la longueur et la gracilité du cou avec une robe au col montant ; du même coup on oubliera que vous n'avez quasiment pas de poitrine.

Rougissant violemment, Cassidy le repoussa et se laissa glisser le long du tabouret.

— Je me fiche bien de vos observations déplacées et... et même de vos mains que vous promenez partout sur mon corps depuis une heure ! explosa-t-elle. Et je ne vois pas en quoi le fait que j'aie de la poitrine ou pas vous regarde !

— Ne faites pas l'enfant, voulez-vous, lui

intima-t-il sèchement. Votre corps ne m'intéresse que pour l'intérêt artistique qu'il représente. Mais si toutefois les choses changeaient, vous le sauriez rapidement.

Frémissante de colère, Cassidy se planta devant lui, mains sur les hanches, prête à dire à ce mufle prétentieux ce qu'elle pensait de lui.

— Ecoutez-moi deux minutes, Sullivan...

Mais, une fois de plus, il l'empêcha d'aller plus loin.

— Spectaculaire, énonça-t-il avec flegme. La colère vous rend encore plus belle, Cass, mais ce n'est pas ce que je cherche à peindre. Une autre fois, peut-être. Allons, revenez vous asseoir.

Le petit sourire charmeur qui accompagna ces dernières paroles fit retomber instantanément la colère de la jeune femme et, docile, elle regagna sa place. Toujours souriant, Colin commença à lui masser doucement le cou. Elle se laissait faire, consciente de la pression légère de chacun de ses doigts sur sa peau. C'était une sensation jusque-là inconnue d'elle et qui méritait qu'elle s'y attarde.

La voix de Colin se fit aussi caressante que ses mains lorsqu'il lui dit :

— Ce que je cherche à rendre, Cassidy, c'est

une illusion. Une illusion, paradoxalement doublée de réalisme et qui symboliserait en quelque sorte le désir. Voulez-vous être l'incarnation de ce symbole, Cassidy ?

Au moment précis où elle savourait béatement la chaleur de son corps contre le sien et la douceur de ses mains sur sa peau, Colin aurait bien pu lui demander n'importe quoi, elle aurait accepté. Quelle femme aurait pu résister à ce physique d'aventurier bohème, à cette voix grave dont les intonations légèrement traînantes trahissaient les origines irlandaises, à cette sensualité qui émanait de chaque parcelle de son corps souple et athlétique ?

Cassidy n'ignorait pas qu'il était conscient de son pouvoir de séduction et qu'il en jouait sans scrupule pour parvenir à ses fins. Mais elle estimait que cela même faisait partie de son charme. Elle s'abandonna avec volupté à ses mains tour à tour puissantes et caressantes, et imagina que leurs lèvres s'unissaient dans un baiser passionné.

S'y perdrait-elle ou au contraire s'y trouverait-elle ?

Revenant soudain sur terre, elle se redressa, mettant ainsi un terme à la douce torture qu'elle subissait, et croisa les bras sur sa poitrine, dans un geste qu'elle voulait défensif.

— Vous n'êtes pas quelqu'un de simple, je me trompe ?

— Non, répondit-il honnêtement. Quel âge avez-vous, Cassidy ?

— Vingt-trois ans. Pourquoi ?

Colin fourra les mains dans ses poches et se mit à arpenter nerveusement la pièce.

— J'ai besoin de tout connaître de vous avant de commencer. Tout ce que vous êtes doit transparaître dans mon œuvre, vous comprenez ? Il faut que je trouve cette fichue robe rapidement. Je veux commencer, je sens que c'est le bon moment.

Ses grandes enjambées trahissaient une fébrilité qui contrastait de façon étonnante avec la douceur dont il avait fait preuve quelques instants auparavant.

Quel homme se cachait donc derrière Colin Sullivan ? se demanda Cassidy.

Elle éprouva l'envie irrépressible de connaître la réponse, même si elle pressentait qu'elle jouait là à un jeu dangereux.

— Je sais où nous pourrions en trouver une, hasarda-t-elle. Elle n'est pas franchement ivoire, mais je pense qu'elle ferait l'affaire : simple, fluide, droite avec un col montant, exactement ce que vous recherchez. Le seul problème, c'est son prix : exorbitant ! Mais c'est de la soie, vous comprenez, et...

— Où est-elle ? demanda Colin en s'arrêtant net devant la jeune femme.

Mais avant même que celle-ci ait ouvert la bouche pour lui répondre, il enchaînait :

— Peu importe, allons-y !

Comme à son habitude, il la prit par la main et l'entraîna à sa suite dans l'escalier, puis vers la sortie.

— Dans quelle direction faut-il aller ? s'enquit-il lorsqu'ils furent sur le trottoir.

— Par là, dit Cassidy en montrant du doigt une rue qui bifurquait sur leur gauche. C'est à deux pas d'ici. Colin, il y a quelque chose que vous devez savoir. Mais bon sang ! vous ne pourriez pas ralentir un peu le pas, je n'arrive pas à vous suivre !

— Allons, pas de simagrées, vous avez de grandes jambes, rétorqua-t-il en la traînant derrière lui.

— Colin..., reprit Cassidy, essoufflée, il faut que

vous sachiez que... la robe en question se trouve dans la boutique dont j'ai été renvoyée, hier.

L'information surprit Colin au point qu'enfin il ralentisse.

— Vous travailliez dans une boutique ? Vous ?

Cassidy le gratifia d'un regard profondément condescendant.

— Oui, moi. Parce que, monsieur Sullivan, sachez que, quelquefois, les gens travaillent parce qu'ils n'ont pas le choix et qu'il leur faut bien gagner de quoi se nourrir.

— Ne soyez pas stupide, Cass, on voit bien au premier coup d'œil que vous n'êtes pas faite pour ce genre de travail.

— C'est précisément la raison pour laquelle j'ai été renvoyée, avoua-t-elle en retrouvant le sourire. Je ne suis manifestement pas faite non plus pour être serveuse puisque j'ai été renvoyée aussi de chez Jim. Mais, à ma décharge, j'ai trouvé légitime de renverser sa salade sur la tête d'un client qui s'était montré un peu trop... entreprenant à mon égard. Ça n'a pas été du goût de mon patron qui m'a remerciée sans ménagement. Et je ne vous parlerai même pas de ma brève carrière de standardiste. C'est un trop mauvais souvenir pour une si jolie journée !

— Mais alors si vous n'êtes ni vendeuse, ni serveuse, ni standardiste, qu'êtes-vous, Cassidy ?

— Un sombre écrivain, incapable de garder le même boulot depuis sa sortie de l'université.

Colin posa sur elle un regard plein de curiosité.

— Vous écrivez ? Et qu'écrivez-vous ?

— Des romans qui ne seront probablement jamais publiés, répondit-elle humblement. Des nouvelles. Et des articles, pour garder la main.

— Vous estimez-vous douée pour l'écriture ?

— Je déborde d'un talent hélas méconnu, plaisanta-t-elle à demi. Bien, nous voilà arrivés. Je me demande ce que Julia va penser de tout cela.

Elle réprima un petit sourire et ajouta, ironique :

— Elle va probablement s'imaginer que je me fais entretenir. Eh bien tant mieux ! Ça lui donnera un sujet de conversation pour les semaines à venir.

Julia écarquilla les yeux lorsqu'elle vit entrer dans sa boutique son ancienne employée en compagnie de l'illustre Colin Sullivan. Sa stupeur ne fit que redoubler lorsqu'elle apprit la raison de leur visite, mais, en parfaite femme d'affaires qu'elle était, elle n'en laissa rien paraître et, un sourire plaqué sur les lèvres, s'occupa d'eux personnellement.

Tout en se déshabillant dans la cabine d'essayage, Cassidy méditait sur l'ironie du sort qui faisait que, un peu moins de vingt-quatre heures auparavant, elle se trouvait dans ce même lieu, mais de l'autre côté du rideau. Et que Colin Sullivan, dont elle ignorait jusqu'à l'existence, avait pris, dans le même laps de temps, une place prédominante dans sa vie. C'était pour lui qu'elle avait accepté d'enfiler cette robe de princesse, à cause de lui que son cœur battait un peu plus fort, anxieuse de ce qu'elle lirait dans ses yeux lorsqu'il la verrait.

Elle remonta la fermeture à glissière et contempla son reflet dans le miroir, béate de satisfaction.

Du col perlé, qui enserrait joliment le cou gracile de Cassidy, la robe retombait en drapé fluide, aussi léger que la soie elle-même, tandis que le voile transparent des manches laissait deviner sa peau diaphane. C'était une robe de conte de fées, romantique à souhait, faite pour révéler la beauté de celle qui la portait et la rendre encore plus désirable.

Cassidy inspira profondément et, morte d'angoisse, sortit de la cabine. La vue de Julia, rougissante de plaisir sous les compliments dispensés par Colin, la décontracta légèrement. Un sourire amusé aux lèvres, elle interpella doucement ce dernier.

— Colin ?

Il se retourna vers elle et le sourire charmeur qu'il arborait jusque-là s'évanouit subitement. Il s'écarta de Julia et fit quelques pas vers Cassidy qui, inquiète du visage fermé qu'il lui offrait, s'était figée sur place.

Le regard de Colin s'attarda ostensiblement sur la jeune femme qui, sous l'effet d'un flot d'émotions contradictoires, se mit à rougir violemment. Comment, d'un simple regard, pouvait-il la porter aux nues, et la précipiter aussitôt après dans un gouffre d'incertitudes et d'angoisse ?

Cassidy aurait voulu rompre ce silence pesant qui planait entre eux, mais les mots ne franchirent pas le barrage de ses lèvres. Elle ne put que répéter bêtement son nom :

— Colin ?

Une petite flamme s'alluma fugitivement au fond des yeux de ce dernier pour disparaître aussitôt.

— Ça ira très bien, commenta-t-il sèchement. Prenez-la et venez avec demain à l'atelier.

Blessée par la nuance d'irritation incompréhensible qu'elle avait perçue dans la voix de Colin, Cassidy ravala sa fierté et parvint à demander avec une désinvolture feinte :

— Ce sera tout ?

— Ce sera tout, confirma-t-il, d'un ton toujours aussi brusque. A demain, 9 heures. Et ne soyez pas en retard.

Cassidy lui tourna le dos, certaine à ce moment-là de le mépriser profondément.

Chapitre 3

Cassidy passa une bonne partie de la nuit à se sermonner sévèrement et lorsqu'elle se leva, ce matin-là, ce fut avec le sentiment de s'être fermement reprise en mains. Bien déterminée à ne plus se laisser déstabiliser par les sautes d'humeur imprévisibles de Colin Sullivan et à garder avec lui une distance toute professionnelle, elle grimpa dans le tram, sa robe sous le bras, pour se rendre à l'atelier.

« Après tout, il a beau être un artiste caractériel, il n'est qu'un employeur comme un autre, se dit-elle alors qu'elle sautait adroitement du tram en marche, décidée à terminer le trajet à pied. En outre, il ne voit en moi qu'un visage intéressant à peindre. Je n'éprouve aucun sentiment pour lui, et d'ailleurs comment pourrait-il en être autrement ?

Je le connais à peine. Non, ce que j'ai ressenti hier était tout simplement dû à sa personnalité charismatique et j'en ai déduit, à tort, qu'il y avait une certaine attirance entre nous. Mais, en fait, il ne s'agissait que du lien, un peu ambigu certes, qui existe entre un peintre et son modèle. Et de toute façon, dans la réalité, les choses ne se passent jamais de cette façon et surtout pas aussi rapidement », conclut-elle, convaincue de qu'elle avançait.

Parvenue au bas de l'escalier qui menait à l'atelier, Cassidy interrompit son monologue intérieur pour le reprendre aussitôt.

« Il aurait au moins pu me remercier d'avoir trouvé la robe qu'il lui fallait. »

D'un geste vague de la main, elle balaya le flot de récriminations qui lui venait de nouveau à l'esprit et frappa à la porte après avoir pris soin de s'être composé un visage neutre.

Ses bonnes résolutions vacillèrent légèrement tandis que la porte s'ouvrait sur Gail Kingsley, tout aussi hautaine que la veille.

— Bonjour, parvint-elle néanmoins à lui dire en souriant.

D'un geste ample, qui chez toute autre qu'elle

aurait pu paraître théâtral, Gail lui fit signe d'entrer. L'extravagance lui allait bien, jugea Cassidy en jaugeant la combinaison rose qu'aucune autre rousse au monde n'aurait osé porter. Elle eut soudain l'impression d'être une jeune fille à peine sortie de l'adolescence dans son jean délavé et son pull-over informe.

Elle était partagée entre la fascination que Gail exerçait sur elle et la déception de n'avoir pas été accueillie par Colin.

— Suis-je en avance ? demanda-t-elle après s'être assurée que Colin n'était pas dans les lieux.

— Non, répondit Gail qui, mains sur les hanches, tournait lentement autour de Cassidy comme le ferait un animal autour d'une proie. Il avait une affaire urgente à régler, mais il n'en a pas pour longtemps. Vos cheveux... c'est naturel ou vous vous êtes fait faire une permanente ?

— C'est naturel.

— Et la couleur ?

— Aussi. Pourquoi ?

— Simple curiosité, ma chère, simple curiosité, certifia Gail dans un sourire éblouissant qu'elle abandonna très vite pour plisser dangereusement ses yeux félins. Colin est littéralement fasciné par votre visage. Il semblerait qu'il aborde une période romantique que, personnellement, j'ai toujours soigneusement évitée.

— Pourquoi me scrutez-vous de cette façon ? demanda Cassidy, désireuse de mettre un terme à l'examen dont elle était l'objet. Vous voulez savoir combien j'ai de dents, peut-être ?

— Ne soyez pas cynique ! Colin et moi nous partageons souvent nos modèles et je tiens à savoir si, éventuellement, je pourrais me servir de vous.

— Je ne suis pas un paquet de linge dont on dispose comme on veut, mademoiselle Kingsley, rétorqua Cassidy avec toute la dignité dont elle était capable. Et je ne tiens pas à être « partagée » comme vous dites.

— Pas de susceptibilité mal placée, voulez-vous ? Un modèle digne de ce nom doit savoir faire preuve d'un minimum de souplesse. Et je vous suggère également d'éviter de vous couvrir de ridicule comme la jeune femme qui vous a précédée.

Gail reprit sa ronde nonchalante autour de Cassidy avant de poursuivre perfidement :

— La pauvre petite s'était amourachée de Colin, mais le pire, c'est qu'elle s'était imaginé qu'il était amoureux d'elle. Vous pouvez me croire, elle était parfaitement pathétique ! A la fin, ce pauvre Colin n'en pouvait plus ! Il a même été obligé de se montrer dur avec elle : il devient détestable dès qu'il sent qu'on s'attache à lui. Il n'y a rien de pire que d'entendre quelqu'un que vous n'aimez pas soupirer après vous toute la journée, vous ne trouvez pas ?

— Je ne sais pas, cela ne m'est jamais arrivé, répliqua Cassidy d'un ton lisse.

Elle marqua une pause et décida que mieux valait jouer cartes sur table dès le début.

— Vous n'avez pas à vous inquiéter, Gail : je ne suis là que pour travailler et la seule chose qui intéresse Colin, c'est mon visage. En outre, je suis beaucoup trop occupée par ailleurs pour envisager une romance avec qui que ce soit.

Gail s'arrêta et fixa intensément Cassidy, cherchant à lire dans le regard de la jeune femme si elle était sincère.

— Dans ce cas, les choses seront plus simples pour tout le monde, finit-elle par dire. Si vous voulez vous changer, c'est par là, ajouta-t-elle en pointant vaguement du doigt le bout d'un couloir.

Puis, de sa démarche royale de félin, elle quitta la pièce.

Cassidy poussa un profond soupir de soulagement. Tous ces artistes étaient fous à lier, décida-t-elle avant de se diriger vers l'endroit indiqué. Elle y trouva une petite pièce qui faisait office de vestiaire et, après s'être déshabillée, enfila la robe. De nouveau, le charme opéra : elle se trouva plus belle, plus sûre d'elle, plus femme. Etait-ce parce que c'était ainsi que la voulait Colin, ou à cause de l'élégante simplicité de la robe qui opérait chez elle une véritable métamorphose ?

Elle refusa de s'attarder sur ces interrogations et, après avoir rapidement brossé ses cheveux, elle jeta un dernier coup d'œil satisfait dans le miroir puis regagna l'atelier d'un pas léger.

Colin s'y trouvait. Bien campé sur ses deux jambes, mains fourrées dans ses poches, il fixait une toile blanche en fronçant les sourcils. Il ne tourna pas la tête vers elle à son arrivée et ne l'entendit même pas dire bêtement :

— Oh, vous êtes là ?

Malgré ses bonnes résolutions du matin elle ne put s'empêcher de le trouver terriblement séduisant.

— Je vais commencer directement sur la toile,

décida-t-il à voix haute comme pour lui-même. Il y a des violettes sur la table. Elles sont de la couleur de vos yeux.

Cassidy repéra le petit bouquet parmi le désordre qui régnait sur la table et enfouit avec un plaisir d'enfant son visage dans les pétales odorants.

Touchée et vaguement émue, elle adressa un sourire de remerciement à Colin qui n'avait toujours pas jeté un regard vers elle.

— Je veux une touche de couleur, là, pour éclairer l'ivoire de la robe, continuait-il à voix haute, comme pour lui-même.

L'instant de bonheur que venait de connaître Cassidy s'évanouit instantanément. Elle s'en voulait d'avoir cru Colin capable d'un geste aussi délicat. D'ailleurs, pour quelle raison lui aurait-il offert des fleurs ? Elle regarda les minuscules violettes et laissa échapper un petit soupir.

— Vous me voyez déjà là, sur une toile vierge ?

Ce n'est qu'à cet instant que Colin parut enfin prendre conscience de la présence de la jeune femme et qu'il tourna vers elle un visage pénétré de concentration.

Il s'approcha d'elle et leva en l'air la main qui tenait le bouquet.

— Oui, ce sera parfait, jugea-t-il en entraînant Cassidy vers la fenêtre. Mettez-vous là, je veux profiter de la lumière du soleil.

La jeune femme s'éclaircit la gorge et haussa le ton comme le ferait une institutrice qui voudrait se faire entendre de ses élèves :

— Bonjour, Colin.

— Les bonnes manières sont le cadet de mes soucis lorsque je travaille, l'informa ce dernier.

Cassidy lui adressa un sourire rayonnant.

— Je saurai m'en souvenir.

— Alors souvenez-vous aussi qu'on me prête la fâcheuse réputation de dévorer les jeunes filles trop bavardes.

— Des jeunes filles ? Je vous aurais plutôt imaginé préférant des jeunes femmes délurées.

— De toute façon, ce n'est pas ce que vous êtes, dit Colin en relevant d'une main le menton de Cassidy tandis que, de l'autre, il repoussait derrière ses épaules la masse de ses boucles brunes.

Cassidy se sentit vaguement vexée, mais n'en laissa rien paraître.

— Une fois que je vous aurai indiqué la pose, ne bougez plus ou vous apprendrez de quel bois je me chauffe.

Tout en parlant, il plaçait le corps et le visage de Cassidy au gré de sa volonté, avec la précision impersonnelle d'un physicien. Son esprit n'était plus avec elle, mais avait rejoint les méandres de son art. Cassidy reconnut chez l'artiste la même concentration qu'elle mettait à noircir des feuilles de papier. Elle aussi avait cette même tendance à se fermer hermétiquement au monde extérieur lorsqu'elle créait.

Colin recula de quelques pas pour juger de la pose qu'il venait d'imposer à son modèle. Cassidy se tenait droite, les coudes un peu pliés, le petit bouquet entre ses deux mains jointes au niveau de la hanche droite. Ses cheveux cascadaient librement sur ses épaules.

— Relevez légèrement le menton, ordonna-t-il en stoppant le mouvement d'un signe de la main. Là ! Parfait ! Et maintenant, ne parlez plus jusqu'à ce que je vous le permette.

Cassidy obéit docilement, n'autorisant que ses yeux à bouger, tandis qu'ils regardaient Colin prendre un fusain et se placer derrière son chevalet.

Les minutes s'écoulèrent dans un silence religieux, Cassidy trompant l'ennui qui la gagnait en observant l'artiste à l'œuvre. Elle le regardait scruter son visage, consciente du fait qu'il pouvait lire en elle comme dans un livre ouvert. Cette découverte l'intrigua plus qu'elle ne la gêna : que voyait-il ? Comment allait-il exprimer ce qu'il devinait en elle ?

— Très bien, annonça brutalement Colin. Vous pouvez parler à présent, mais surtout gardez la pose ! Racontez-moi un peu le genre de romans que vous écrivez.

Il poursuivit son travail de manière si concentrée que Cassidy le soupçonna de l'avoir invitée à parler juste pour lui permettre de se décontracter un peu.

— En fait, je n'en ai écrit qu'un, ou plutôt un et demi. Je suis en train d'écrire le second alors que le premier passe de maison d'édition en maison d'édition.

Elle se retint à temps de hausser les épaules et poursuivit :

— C'est l'histoire d'une femme à un tournant de sa vie qui réfléchit aux choix à faire, aux erreurs à ne plus commettre. C'est une histoire plutôt romantique et j'aime à penser que les choses vont bien se terminer Savez-vous qu'il est très difficile de parler sans les mains ? Je n'imaginais pas une seconde que les miennes pouvaient être si indispensables à mon vocabulaire !

Colin, sourcils froncés dans un effort d'intense concentration, leva les yeux vers elle avant de les fixer de nouveau sur sa toile.

— Ça, c'est votre côté gaélique. Vous me ferez lire votre manuscrit ?

Cassidy accusa le choc, surprise par une telle demande.

— Eh bien... heu... oui, si vous voulez. Je...

— Bien, l'interrompit-il brusquement, comme à son habitude, apportez-le avec vous demain. Et maintenant, taisez-vous, je vais travailler le visage.

De nouveau il régna dans la pièce un silence sépulcral jusqu'à ce que Colin pose bruyamment son fusain et dise en secouant la tête :

— Ça ne va pas.

Affichant une mine contrariée, il se mit à faire les cent pas sans quitter son modèle des yeux. Cassidy n'osait bouger, ni émettre le moindre son.

— Votre visage n'exprime pas ce que je veux, dit-il sur un ton où se mêlaient colère et impatience. Et moi, ce que je veux, c'est de la passion ! Je veux que vous donniez libre cours à cette passion latente que je sens en vous.

Le cœur de Cassidy se mit à battre plus fort en raison de la tension extrême qui vibrait dans la pièce.

— Je veux lire dans vos yeux une promesse, la promesse d'une femme amoureuse pour son amant. Je veux voir le désir émerger de la fraîcheur ! Je veux pouvoir sentir que vous êtes pure mais pas inaccessible. Voilà ce que je veux que vous me donniez ! C'est l'essence même de ce que j'attends de vous.

La frustration lui faisait retrouver les intonations de sa terre natale, son discours exalté allumait une petite flamme au fond de ses yeux. Fascinée, Cassidy demeurait muette et elle le resta même lorsqu'il s'arrêta en face d'elle pour la dévisager.

— Il me faut de la douceur dans le regard, reprit-il, mais où l'on devinerait les traces d'une passion contenue. Et votre bouche, je veux qu'on voie qu'elle est faite pour les baisers. Pour en donner, pour en prendre ! Comme ceci.

Il prit alors le visage de Cassidy entre ses mains et posa ses lèvres sur celles de la jeune femme, dans un baiser d'abord léger qui, très vite, se fit plus pressant.

Cassidy, consentante, le laissait faire car ce

qu'elle ressentait au plus profond d'elle-même à ce moment-là était un début de réponse aux questions qu'elle s'était posées.

Elle savourait ce baiser qui avait le goût du pouvoir qu'elle exerçait sur Colin. Mais lorsque celui-ci se détacha d'elle aussi brusquement qu'il l'avait prise entre ses bras, le visage de Cassidy exprimait exactement ce qu'il recherchait : un mélange irrésistible d'impatience, de volupté et d'innocence.

Colin laissa retomber ses mains le long de son corps puis, après un dernier regard satisfait, regagna nonchalamment son chevalet.

Cassidy, elle, tentait de reprendre ses esprits et de se convaincre que ce baiser ne signifiait rien, qu'il n'avait été pour Colin qu'un moyen de parvenir à ses fins. Pourtant, il avait suffi de quelques secondes pour que se révèlent à elle des émotions jusque-là inconnues. Elle s'exhorta à recouvrer un calme apparent et décida fermement de prendre les choses avec du recul.

Après tout, elle était une adulte responsable et elle n'allait pas se laisser déstabiliser par ce qui n'était qu'un simple baiser et que seule son imagination fertile avait transformé en acte d'amour.

Elle repensa à la façon insolente dont il l'avait embrassée, la prenant par surprise, s'arrogeant des droits qu'il était loin d'avoir. Aucun des hommes qu'elle avait connus jusqu'alors ne s'était permis un tel comportement ! Malgré tout, un étrange sentiment irrationnel persistait, qu'elle préféra ignorer et sur lequel elle ne voulait pas mettre de nom.

— C'est l'heure de la pause, décréta soudain Colin en reposant son fusain et en s'essuyant les mains avec un chiffon. Vous pouvez vous détendre.

Cassidy le regardait faire, silencieuse, se demandant s'il la voyait vraiment. Elle décida de laisser la question en suspens et étira longuement ses membres engourdis.

— Combien de temps ai-je tenu ainsi ? Plus de vingt minutes, je parie.

Colin haussa négligemment les épaules.

— Peut-être, en effet. Vous voulez du café ?

La désinvolture affichée de Colin agaça Cassidy qui rétorqua avec raideur :

— Demain j'apporterai un minuteur, ainsi le problème sera réglé. Et oui merci, je prendrai volontiers une tasse de café.

Colin, semblant ignorer la remarque de la jeune femme, se dirigea vers la porte.

— Attendez-moi, je vais en préparer.

— Je peux regarder ce que vous avez fait?

— Non, répondit Colin en tirant le verrou. Je déteste que l'on regarde une de mes œuvres tant qu'elle n'est pas terminée.

Cassidy esquissa une moue de dépit.

— Et vos autres toiles?

— Celles-là, oui, vous pouvez jeter un coup d'œil dessus.

Une fois Colin sorti, Cassidy posa le bouquet de violettes sur la table et se dirigea vers les tableaux achevés, disposés de façon anarchique contre les murs. Il y en avait de tous les formats, quelques-uns si grands qu'elle avait du mal à les retourner.

Le sentiment d'irritation qu'elle venait d'éprouver disparut sitôt qu'elle fut confrontée au talent de l'artiste. Elle comprit soudain pourquoi Colin était considéré comme le maître absolu de sa génération en matière de lumière et de couleur. Fascinée, elle vit apparaître de manière évidente le mélange de sensibilité et de force qu'elle avait soupçonné en lui. Ses portraits reflétaient la perspicacité et le réalisme, ses paysages une grande vitalité, mais les uns comme les autres avaient pour point commun un jeu d'ombre et de lumière dans lequel on devinait la nature tourmentée du peintre.

Cassidy se demanda un instant si Colin peignait ce qu'il voyait ou ce que lui inspirait ce qu'il voyait, puis elle comprit qu'il s'agissait d'un savant mélange des deux. Son talent résidait dans la perception qu'il avait des choses tout autant que dans sa façon de les reproduire.

Le dernier tableau qu'elle contempla représentait une jeune femme nue, lascivement étendue sur le sofa aujourd'hui relégué au fond de l'atelier. Impossible de s'y tromper : elle reconnut la peau laiteuse, les yeux de braise de la jeune femme qu'avait évoquée Gail le matin même.

— Jolie créature, n'est-ce pas ? remarqua Colin, de retour avec deux tasses de café.

— Oui, approuva Cassidy, admirative. Je n'ai jamais vu une aussi jolie femme de ma vie.

Colin accueillit cette affirmation avec un haussement d'épaules désinvolte.

— Dans son genre, en effet, il n'y a rien à dire, elle est parfaite. D'une sensualité renversante et parfaitement asssumée.

Cassidy cacha à peine le profond agacement que cette remarque venait de faire naître en elle.

— En effet, et vous l'avez d'ailleurs magnifi-quement rendue, nota-t-elle avec humeur.

Colin lui adressa un de ces sourires charmeurs dont il avait le secret.

— Ah, Cass, on lit en vous comme dans un livre ouvert ; mais surtout, ne changez rien ! Vous êtes certainement la créature la plus exquise que j'ai rencontrée depuis bien longtemps.

Le compliment alla droit au cœur de Cassidy. Elle sourit en retour à Colin, toute trace d'irri-tation envolée.

— Pourquoi vous êtes-vous installé à San Francisco ? s'enquit-elle à brûle-pourpoint.

Colin s'assit à califourchon sur une des chaises de bois et fixa intensément Cassidy avant de répondre :

— Parce que cette ville est à la croisée du monde. Que j'aime les contrastes qu'elle offre, et parce que l'histoire douloureuse dont elle est empreinte m'a toujours fasciné.

Cassidy hocha la tête en guise d'assentiment.

— L'Irlande ne vous manque pas ?

— J'y retourne de temps en temps pour m'en

nourrir, comme au sein d'une mère. J'y puise la paix avant de revenir ici, vivre au rythme effréné de cette ville. Mon âme créatrice a besoin des deux, j'imagine.

Colin détourna le regard des yeux violets, chargés d'innocente candeur, que Cassidy posait sur lui et dans lesquels il lisait si facilement la nature de ses sentiments pour lui.

— Finissez votre café, dit-il d'un ton abrupt, je voudrais terminer les contours de l'esquisse pour pouvoir attaquer la peinture demain.

Cassidy passa le reste de la matinée à étudier Colin. Elle ne se lassait pas d'observer les yeux outrageusement bleus, seuls éléments mobiles dans son visage pénétré de concentration.

Elle frissonna au souvenir des lèvres douces et chaudes de Colin sur les siennes et se demanda ce qu'elle éprouverait à être aimée de lui pour de bon. Car, bien que ses expériences amoureuses aient été limitées, elle n'en pressentait pas moins que Colin Sullivan devait être un homme dangereux dont elle devrait se méfier. Tout chez lui l'attirait et l'intriguait : son physique bien sûr, mais aussi son talent et même son caractère difficile et versatile.

Elle repensa à la remarque acerbe qu'avait faite Gail au sujet de la jeune femme qui l'avait précédée. Par comparaison, elle, Cassidy St. John, n'avait rien en commun avec la beauté sophistiquée de Gail, ni avec la sensualité à fleur de peau de l'ancien modèle. A croire que Colin appréciait les extrêmes en tout genre.

Une petite voix intérieure lui souffla qu'elle ne devait pas s'attacher à Colin Sullivan.

« Si tu ne veux pas souffrir, garde tes distances. Ne lui ouvre pas le chemin qui mène à ton cœur. »

— C'est bon, vous pouvez aller vous changer, lui intima Colin d'un ton brusque sans daigner lever les yeux de sa toile.

« Grossier » était encore trop faible pour qualifier le comportement de Colin à son égard, songeait amèrement Cassidy en regagnant le vestiaire. Non, Colin Sullivan était bien pire que cela, mais les mots manquaient à la jeune femme.

« Cassidy St. John, tes inquiétudes ne sont pas fondées, se dit-elle avec une jubilation mauvaise. Car personne ne pourra jamais approcher cet homme d'assez près pour pouvoir s'y brûler les ailes. »

Lorsque Cassidy rejoignit l'atelier un moment plus tard, Colin regardait par la fenêtre, perdu dans la contemplation de quelque chose qu'il était seul à voir.

— J'ai laissé la robe dans le vestiaire, annonça Cassidy d'un ton glacial. Je m'en vais, vous avez l'air épuisé.

Elle prit son sac qui se trouvait sur une chaise et s'apprêtait à partir lorsque la main de Colin se posa sur son poignet.

— Vous avez votre petite ride, là, entre les sourcils, dit-il d'une voix douce en effleurant la ligne du bout des doigts. Faites-la vite disparaître et je vous invite à déjeuner.

Cassidy plissa les yeux, creusant un peu plus le petit sillon.

— N'employez pas ce ton paternaliste avec moi, Sullivan. Je ne suis pas une gamine en mal d'affection, ni une de vos groupies stupides, en extase devant le moindre de vos faits et gestes.

Le ton cinglant de Cassidy surprit Colin qui leva un sourcil étonné.

— Parfait, mais ce n'est pas une raison pour partir fâchée.

— Je ne suis pas fâchée, riposta Cassidy. J'ai la réaction normale d'une personne avec qui on vient de se montrer grossier. Et maintenant, lâchez mon poignet...

— Je lâcherai votre poignet lorsque j'en aurai fini avec ce que j'ai à vous dire, répliqua calmement Colin. Et vous devriez vous contrôler, Cass, ma chérie. La colère vous rend encore plus désirable et je n'ai pas pour habitude de résister à ce qui m'attire.

— Qu'est-ce que vous racontez ! La seule chose qui vous attire en moi se trouve là, sur cette toile, c'est évident !

Elle tenta de dégager sa main, mais, d'un mouvement aussi rapide qu'inattendu, Colin l'emprisonna de ses deux bras contre son torse.

Cassidy leva vers lui des yeux furibonds.

— Qu'essayez-vous de prouver en faisant ça ?

— Que vous avez tort. Vous me lancez un défi, je le relève.

Ce que Cassidy crut lire dans le regard de Colin à ce moment-là accéléra les battements de son cœur.

— Je ne vois pas de quoi vous parlez et je ne vous ai lancé aucun défi ! protesta-t-elle avec véhémence.

— Mais si, objecta Colin en enfouissant à présent ses mains dans la chevelure luxuriante de Cassidy. Vous avez jeté le gant la nuit même où nous nous sommes rencontrés, j'estime le moment bien choisi pour le relever.

— Vous êtes ridicule ! tenta Cassidy d'une voix qui s'altérait.

Elle se rendait compte qu'elle s'aventurait dans des territoires qu'elle aurait été bien avisée d'éviter, mais il était trop tard : la bouche de Colin était déjà sur la sienne, pour un baiser dévastateur.

Cassidy étouffa un petit cri de protestation et s'en voulut de s'agripper à Colin, plutôt que de le repousser. Encouragé par cette invitation muette à poursuivre, ce dernier dessina du bout de la langue les contours de la bouche sensuelle de Cassidy, s'attardant à en goûter pleinement la saveur.

Lorsqu'il s'écarta d'elle, quelques secondes, ce ne fut que pour lui murmurer :

— Vous voyez, Cass, cette fois c'est pour mon plaisir que je vous embrasse.

Il resserra alors son étreinte, plaquant un peu plus contre lui le corps souple et docile de la jeune femme. Celle-ci s'abandonnait corps et âme, comme si elle n'avait vécu que pour ce moment. Ses courbes, subtiles, épousaient parfaitement celles, viriles, de Colin, tandis que sa bouche avide répondait avec ardeur à son baiser. Elle avait perdu toute notion du temps lorsque Colin quitta ses lèvres. Il la maintint longtemps contre elle, faisant de leurs deux corps unis un bloc parfaitement homogène.

Seul le souffle saccadé qu'ils exhalaient à l'unisson ponctuait le silence presque palpable de la pièce.

Sous le choc, Cassidy avait l'impression que le sol allait se dérober sous ses jambes flageolantes. Elle secoua vigoureusement la tête dans une tentative dérisoire destinée à repousser le flot d'émotions vives que ce baiser avait fait naître et qui ne demandaient qu'à s'épanouir. Elle était à la fois fascinée et terrorisée par la puissance de ce qu'elle venait de vivre, pressentant instinctivement qu'il était encore trop tôt.

Mais tandis qu'elle essayait de se libérer des bras de Colin, celui-ci resserra un peu plus son emprise.

— Non, Colin, s'il vous plaît, protesta faiblement la jeune femme en tentant de le repousser.
Je ne peux pas.

Un voile sombre passa sur le visage de Colin.

— Mais moi je peux, murmura-t-il en se
penchant pour reprendre fougueusement les lèvres
de la jeune femme.

Cassidy plongea de nouveau dans un tourbillon
de volupté qu'elle était bien incapable de maîtriser.
Rien, dans l'expérience qu'elle avait des hommes,
ne l'avait préparée à vivre ce que son corps lui
réclamait aujourd'hui. Elle se grisait de la bouche
de Colin sur la sienne, des mots d'amour qu'il
susurrait à son oreille, de la douce torpeur dans
laquelle elle se laissait sombrer avec délices.

Pourtant un sursaut de lucidité vint briser la
magie du moment.

Elle s'écarta légèrement de lui et murmura, le
regard encore trouble de désir, le souffle toujours
court :

— S'il vous plaît, Colin, laissez-moi partir. Je
crois que je ne suis pas prête.

Colin darda sur elle des yeux enflammés de
passion et, si Cassidy redouta un instant qu'il

n'entende pas ses protestations, c'est qu'elle se savait incapable de lui résister plus longtemps.

Mais les mains de Colin retombèrent, l'étreinte se relâcha. Cassidy en profita pour s'éloigner de lui.

Colin croisa les bras sur sa poitrine, puis, un sourire goguenard aux lèvres, considéra la jeune femme en silence.

— Je me demande qui vous avez eu le plus de mal à combattre, lâcha-t-il enfin. Vous ou moi ?

— J'avoue que je n'en sais rien, admit innocemment Cassidy.

Colin la regarda avec curiosité.

— Ça a au moins le mérite d'être honnête. Mais vous avez joué avec le feu, Cassidy. J'aurais pu garder l'avantage.

— Non, je suis sûre que vous n'auriez rien fait contre mon gré.

Elle poussa un long soupir, redressa les épaules.

— De toute façon, je suppose que c'était un passage obligé, et maintenant que nous l'avons vécu ça ne se reproduira plus.

Colin éclata soudain d'un rire sonore.

— J'ai dit quelque chose de drôle ? s'enquit Cassidy d'un ton pincé.

Pour toute réponse, Colin s'approcha d'elle

et la prit par les épaules, dans un geste qui se voulait amical.

— Cass, vous êtes vraiment unique, lui dit-il gentiment. L'Anglaise rationnelle le disputera toujours à l'Irlandaise passionnée.

Cassidy releva fièrement le menton à ce qu'elle prit pour une offense.

— Vous imaginez vraiment n'importe quoi !

— La porte est ouverte, Cassidy, je ne vous retiens pas.

— Vous auriez peut-être mieux fait de la laisser verrouillée, riposta cette dernière, vexée de se sentir congédiée de la sorte.

— Sachez que, désormais, cette porte restera ouverte et que ce qui s'est passé entre nous se reproduira, annonça Colin d'une voix lisse. Et maintenant partez, avant que j'oublie que vous n'êtes pas prête.

Cassidy s'apprêtait à franchir la porte lorsque la voix grave de Colin lui parvint :

— A demain, 9 heures.

Elle se retourna et observa la haute silhouette qui se détachait en contre-jour au milieu de la pièce. Si elle écoutait la voix de la raison, elle se garderait bien de remettre les pieds dans cet atelier.

— Car vous n'êtes pas lâche, n'est-ce pas ?
ajouta Colin.

Cassidy rejeta la tête en arrière et se redressa
fièrement.

— A demain, 9 heures, confirma-t-elle d'une
voix ferme avant de claquer la porte derrière elle.

Chapitre 4

Au fil des jours, Cassidy se sentait de plus en plus à l'aise dans son rôle de modèle. Elle commençait même à s'adapter au caractère difficile de Colin qui pouvait passer, en l'espace de quelques secondes, de l'humeur la plus massacrante à la gentillesse la plus déconcertante. Plus elle découvrait les différentes facettes de sa personnalité, plus elle était fascinée.

Elle tentait régulièrement de se convaincre du fait que l'intérêt qu'elle portait à l'artiste était strictement professionnel et que les heures passées à étudier une personnalité aussi imprévisible étaient une bénédiction pour l'écrivain qu'elle était.

Et même si elle ne parvenait pas à oublier le baiser passionné qu'ils avaient échangé, il n'y avait entre eux, se disait-elle fermement, qu'un échange artistique. D'ailleurs depuis ce fameux jour, Colin gardait soigneusement ses distances, ne touchant son jeune modèle que pour la guider dans la pose qu'il voulait obtenir d'elle.

Assise à son bureau face à ses feuilles blanches, Cassidy songeait qu'elle avait beaucoup de chance : elle avait trouvé un travail qui la mettait momentanément à l'abri des soucis matériels, et Colin Sullivan ne voyait désormais en elle qu'un modèle comme un autre et pas une femme de chair et de sang. Bien sûr, être attirée par un être aussi complexe était naturel, presque inévitable ; cependant, elle avait assez de bon sens pour lui résister. Et contrairement à la jeune femme qui l'avait précédée, elle ne succomberait pas au charme irrésistible de Colin et elle se garderait bien de tomber amoureuse de lui.

Elle était bien trop raisonnable pour avoir envie de se couvrir de ridicule en s'entichant d'un séducteur dont la vie ne tournait qu'autour de son travail et d'une certaine Gail Kingsley.

« D'ailleurs, je peux le comprendre, se dit Cassidy, magnanime. Moi aussi j'ai une passion. »

Elle contempla en soupirant les feuilles restées vierges devant elle. Elle se redressa d'un bond sur son siège, bien décidée à ne plus laisser son esprit vagabonder ni Colin Sullivan interférer dans son travail. Elle bouclerait ce soir le chapitre qu'elle avait commencé...

Quelques instants plus tard, Cassidy avait retrouvé toute l'inspiration qui lui avait momentanément fait défaut et rédigeait une scène d'amour entre les deux principaux protagonistes de son roman. Inconsciemment, elle puisait dans sa propre expérience et exprimait ses émotions à travers ses personnages.

Elle avait presque terminé lorsque des coups frappés à la porte l'interrompirent dans sa tâche.

— Oui ? grogna-t-elle en étouffant un juron.

En réponse, la porte s'entrouvrit sur le visage jovial de son voisin de palier, Jeff Mullan.

— Salut, Cassidy. Tu as une seconde ?

Toute trace de contrariété s'évanouit et Cassidy accueillit Jeff avec le sourire.

— Bien sûr.

Il entra dans la pièce, sa guitare dans une main, un pack de six canettes de bière dans l'autre.

— Je peux utiliser ton Frigidaire ? Le mien est encore en panne et tu es la seule ici en qui je peux avoir confiance.

— Vas-y, dit Cassidy en tournant son siège pour faire face à Jeff. Mais j'ignorais que les guitares devaient se conserver au frais.

Jeff ne releva pas le trait d'humour de son amie et alla ouvrir le réfrigérateur.

— Eh bien, c'est pire que le désert de Mojave là-dedans ! Un fond de jus de fruits, deux carottes et de la margarine. Dis-moi, il t'arrive de te nourrir correctement quelquefois ? Viens chez moi et tu feras enfin un repas digne de ce nom. J'ai des tacos au poulet et de délicieux beignets à la confiture !

— Je te remercie, Jeff, c'est vraiment très tentant, mais je voudrais terminer le chapitre que j'ai commencé.

Dans un geste qui laissait penser qu'il réfléchissait, Jeff caressa sa barbe rousse impeccablement taillée, puis il s'assit en tailleur sur le sol, sa guitare bien calée sur ses cuisses.

— Tant pis, tu ne sais pas ce que tu rates. Mais dis-moi, tu as eu des nouvelles de New York ?

— Il semble qu'il y ait une conspiration du silence sur la côte Est, répondit Cassidy en soupirant. J'imagine qu'il est encore trop tôt pour se décourager, mais tu sais bien que la patience n'a jamais été mon fort.

— Tu vas y arriver, Cassidy ! Tu as un don pour l'écriture, c'est indéniable, affirma Jeff en pinçant une corde de sa guitare. Et si ton roman est aussi bon que la nouvelle qui a été publiée dans un magazine, il n'y a aucune raison pour que ça ne marche pas.

Cassidy sourit, touchée par la sincérité du compliment.

— Quel dommage que tu ne travailles pas dans une maison d'édition ! s'exclama-t-elle d'un ton dépité.

— Tu sais bien que je suis un célèbre auteur-compositeur, plaisanta-t-il, et de toute façon, tu n'as pas besoin de moi pour réussir.

Cassidy regarda son ami avec tendresse et, à le voir assis dans cette posture, ses doux yeux gris contrastant avec ses cheveux et sa barbe flamboyants, elle songea qu'il serait un modèle parfait pour Colin. Oui, Colin le peindrait exactement tel qu'il était là, installé sur un bout de tapis usé, caressant de ses grandes mains fines les cordes de sa guitare.

La voix de Jeff la ramena soudain sur terre.

— Cassidy ?

— Excuse-moi, j'étais en train de rêvasser. Tu as des contrats pour les jours à venir ?

— Oui, j'en ai décroché deux pour la semaine prochaine.

Jeff marqua une pause, le temps de tester le son de sa basse.

— Et toi ? Comment se passent tes séances de pose ? J'ai vu quelques-unes des œuvres de cet artiste, c'est incroyable ce qu'il peint ! Quelle impression cela fait-il de poser pour l'un des plus grands peintres du moment ?

Cassidy replia ses jambes sous elle et réfléchit quelques secondes avant de répondre :

— C'est un sentiment bizarre, en fait. Je ne suis jamais certaine que c'est bien moi qu'il voit quand il travaille. A tel point que je me demande si je me reconnaîtrai dans le portrait qu'il fait de moi. Mais peut-être ne prend-il qu'une part infime de mon physique, de ma personnalité, tout comme je m'inspire de certains traits de caractère de gens que je connais pour créer mes personnages.

— Comment est-il ?

— Fascinant ! s'exclama spontanément Cassidy. Il a l'allure d'un flibustier et des yeux d'un bleu...

incroyable ! Et ses mains... il a de belles mains, longues, fines et pourtant si puissantes !

A mesure qu'elle évoquait Colin, la voix de Cassidy se faisait plus douce, plus caressante.

— Il émane de lui une sensualité innée, encore plus évidente lorsqu'il peint et qu'il s'isole du monde extérieur. Quelquefois, il me demande de parler, alors je lui raconte ce qui me passe par la tête, mais je ne sais même pas s'il m'entend.

Perdue dans ses pensées, Cassidy posa son menton sur ses genoux repliés et reprit comme pour elle-même :

— Il a un caractère épouvantable et ses accès de colère sont si impressionnants que, par comparaison, le tonnerre fait figure de berceuse. Il est d'un rare égoïsme, d'une incroyable arrogance et pourtant c'est l'homme le plus charmeur que j'ai jamais connu. Je le découvre un peu plus chaque jour et j'ai l'impression qu'une vie entière ne suffirait pas pour le connaître vraiment.

Durant quelques instants le silence régna, ponctué des seules notes de musique que Jeff arrachait à sa guitare.

— Bref, tu es dingue de lui, résuma placidement ce dernier, comme s'il énonçait une évidence.

Cassidy écarquilla ses grands yeux violets, sous le choc de ce qu'elle venait d'entendre.

— Non, bien sûr que non ! protesta-t-elle avec véhémence. Je suis simplement... simplement...

« Simplement quoi, Cassidy ? » s'interrogea-t-elle.

— Je suis intéressée par sa personnalité complexe, voilà tout.

Jeff hocha la tête, dubitatif, puis il se releva lentement.

— Pas de problème, Cass. Mais fais attention quand même. Colin Sullivan est peut-être un grand artiste, mais si l'on en croit les ragots colportés dans la presse à scandale, il n'en est pas moins un homme à femmes. Tu es une très jolie femme et, qui plus est, aussi pure que l'agneau qui vient de naître.

— Ce n'est pas précisément ce qu'ont fait de moi les quatre années que j'ai passées à Berkeley, Jeff.

Ce dernier se rapprocha de Cassidy et effleura ses lèvres d'un baiser auquel elle ne répondit pas.

— Tant pis ! commenta Jeff, beau joueur. Mais pense un peu à toutes les économies que nous ferions si nous vivions ensemble !

Cassidy tira affectueusement sur la barbe de son ami.

— De toute façon, je ne me fais pas d'illusions, je sais bien que c'est mon Frigidaire qui t'intéresse.

— Comme tu me connais bien, Cass ! rétorqua Jeff en se dirigeant vers la porte. Il ne me reste plus qu'à noyer mon chagrin dans l'écriture d'une chanson magnifiquement triste.

— Décidément, j'ai l'art d'inspirer tout le monde en ce moment ! plaisanta la jeune femme.

— Prétentieuse !

Le sourire de Cassidy s'évanouit sitôt la porte refermée sur Jeff. « Dingue de lui », avait-il dit. Quelle idée ! Une femme ne pouvait-elle donc s'intéresser à un homme sans qu'on lui prête des intentions amoureuses ou qu'on l'imagine avoir quelque chose derrière la tête ? Songeuse, elle repensa aux lèvres de Jeff effleurant les siennes. Par quelle sorte d'alchimie bizarre le baiser d'un homme pouvait-il vous laisser de marbre et celui d'un autre vous porter aux nues ? Pourquoi ne ressentait-elle rien pour Jeff, pourtant si gentil, si attentionné ? En tout cas, conclut-elle en reprenant son crayon, il faudrait vraiment être stupide pour s'amouracher d'un homme dont on sait qu'il vous fera souffrir.

Elle s'était remise au travail depuis quelques

minutes à peine lorsque de nouveaux coups frappés à la porte l'interrompirent. Elle leva les yeux au ciel, passablement contrariée par cette nouvelle intrusion.

— Ne me dis pas que tu as déjà fini d'écrire ta chanson triste et poignante ! cria-t-elle sans quitter son bureau. Et je te signale que tes bières sont loin d'être fraîches !

— Je ne vois pas de quoi vous voulez parler. Ce n'est ni l'une ni l'autre de ces raisons qui m'ont poussé à venir jusque chez vous.

Cassidy repoussa vivement sa chaise et braqua un regard abasourdi sur Colin qui se tenait dans l'embrasure de la porte. Un petit sourire ironique flottait sur ses lèvres tandis qu'il s'attardait ostensiblement sur le corps légèrement vêtu de la jeune femme. Celle-ci, rougissante, tira sur son T-shirt informe pour tenter de cacher ses cuisses que découvrait un short trop court.

— Que faites-vous ici ? demanda-t-elle lorsqu'elle eut recouvré un semblant d'assurance.

— Je suis venu apprécier le spectacle que vous m'offrez, répondit-il en entrant sans attendre d'y avoir été invité. Ce n'est pas très prudent de laisser votre porte ouverte comme ça.

— Je perds toujours mes clés, alors je me retrouve comme une idiote devant ma porte et...

Cassidy s'interrompit. Un jour viendrait, se promit-elle, où elle réfléchirait avant de parler.

— De toute façon, il n'y a rien à voler ici, conclut-elle.

— Vous avez tort de le croire. Qui pensiez-vous que j'étais lorsque j'ai frappé ?

— Un auteur-compositeur en panne de réfrigérateur. Comment avez-vous eu mon adresse ?

— Vous l'avez notée sur votre manuscrit, dit Colin en posant l'épaisse enveloppe sur le bureau.

Cassidy considéra, sceptique, le document qu'elle avait confié à Colin plusieurs jours auparavant. Le silence qu'il avait observé jusque-là l'avait persuadée qu'il l'avait remisé dans un coin pour l'oublier aussitôt. Mais il lui apparut soudain comme une évidence qu'elle-même n'avait rien demandé par peur d'essuyer ses critiques et que l'opinion de Colin lui importait infiniment plus que le refus du plus prestigieux des éditeurs de New York.

Cassidy comprit tout à coup qu'elle n'était pas prête à entendre ses commentaires.

Colin, de son côté, faisait nonchalamment le

tour de la pièce. Il prit le temps d'arranger les fleurs séchées d'un bouquet, d'examiner une photo dans un cadre en argent, de contempler par la fenêtre la vue qui s'offrait à lui.

— Vous voulez boire quelque chose ? demanda Cassidy qui, se rappelant l'inventaire de son Frigidaire, regretta tout de suite sa proposition. J'ai du café, suggéra-t-elle promptement.

Colin parut ne pas entendre et reprit son inspection en silence.

— Vous avez un sens rare des couleurs, Cassidy, lâcha-t-il enfin. Et un don certain de décoratrice pour avoir rendu chaleureux un endroit aussi impersonnel que celui-ci. J'ai toujours trouvé que les appartements de ces résidences modernes n'avaient pas d'âme et manquaient singulièrement de caractère.

Il prit entre ses mains un petit miroir encadré de coquillages nacrés.

— Fisherman's Wharf, nota-t-il en connaisseur. Décidément, vous avez l'air d'aimer particulièrement les quais.

— C'est vrai. J'adore cette ville en général, mais je suis très attachée à cet endroit. J'aime l'animation qui y règne, tous ces bateaux serrés les uns contre les autres et dont je me plais à imaginer la destination.

Cassidy regretta aussitôt son accès de lyrisme. Elle qui s'était toujours donné un mal fou pour cacher à Colin à quel point elle était romantique, c'était réussi !

Le sourire renversant que lui adressa Colin ne fit qu'ajouter à son embarras.

— Je vais faire du café, annonça-t-elle brusquement.

Mais, d'une main ferme posée sur son épaule, Colin l'empêcha de se lever.

— Ce n'est pas la peine.

Il regarda les feuilles éparses, les notes griffonnées, les livres qui recouvraient le bureau.

— Je vous ai interrompue en plein travail. Je suis vraiment impardonnable.

— Ne vous excusez pas ; de toute façon, je commençais à être fatiguée.

Elle lui adressa un petit sourire complice et reprit :

— Sinon, je me serais montrée aussi grossière que vous lorsque quelqu'un vous dérange en pleine création.

— J'adorerais voir ça !

— Je ne vous le conseille pas, c'est vraiment un spectacle abominable ! Mais pour l'amour du ciel, Colin, cessez de faire les cent pas ou vous allez finir par trouer le plancher. Venez vous asseoir là.

Il dédaigna la chaise qu'elle lui indiquait pour aller se percher sur un coin du bureau.

— J'ai fini votre livre tout à l'heure, annonça-t-il à brûle-pourpoint.

— J'imagine que c'est la raison pour laquelle vous me l'avez rapporté, dit-elle en affichant une désinvolture qu'elle était loin de ressentir et qui se fissura rapidement devant le silence obstiné de Colin. S'il vous plaît, Colin, parlez, c'est une véritable torture que vous m'infligez là ! Ou plutôt non, attendez ! le coupa-t-elle alors qu'il ouvrait la bouche.

Elle se leva d'un bond et se mit à arpenter nerveusement la pièce.

— Si vous n'avez pas aimé, je comprendrai parfaitement. Bien sûr je serai anéantie, mais je m'en remettrai. Je suis prête à tout entendre et j'attends de vous que vous soyez franc, alors épargnez-moi les platitudes et les paroles réconfortantes.

Elle marqua une pause, enfouit les mains dans

sa lourde chevelure pour la rejeter en arrière puis reprit :

— Et pour l'amour du ciel ne me dites pas que c'était intéressant, ce serait pour moi l'horreur absolue !

— Vous avez fini ? demanda Colin d'une voix douce.

Cassidy inspira profondément avant de répondre :

— Je crois que oui.

— Alors venez ici, lui intima-t-il de la même voix douce.

La jeune femme s'approcha docilement de lui et le laissa lui prendre les mains.

— Si je n'ai pas parlé de votre livre avant, c'est parce que je voulais le lire d'un trait et parce que je préférais ne pas en parler tant que je ne l'avais pas fini.

Ses doigts se mirent à caresser presque distraitement les mains de Cassidy.

— Vous possédez quelque chose de rare, Cass, quelque chose d'insaisissable, qui s'appelle le talent. Et ce n'est pas à Berkeley qu'on vous l'a appris, vous l'avez en vous depuis que vous êtes née. Vos années d'université l'ont certes affiné, discipliné, apprivoisé, mais le matériau brut, c'est vous qui l'avez apporté.

Cassidy laissa échapper un soupir d'intense soulagement. Pourquoi l'opinion d'un homme qu'elle connaissait à peine lui importait-elle tant ? Pourquoi est-ce que l'avis de Jeff lui avait fait plaisir, certes, mais celui de Colin la laissait sans voix ?

— Je ne sais pas quoi dire, murmura-t-elle en secouant la tête. Cela vous paraît peut-être idiot, mais c'est la vérité.

Elle regarda les feuilles éparpillées sur son bureau.

— J'ai traversé tant de moments de doute pendant lesquels j'avais envie de tout envoyer balader ! Je me disais alors que tout cela ne justifiait pas tant de peine, de sacrifices !

— Pourtant vous avez choisi d'être écrivain.

— Je n'ai pas choisi, riposta-t-elle, ça m'est tombé dessus comme ça, sans que je demande rien. Et vous, Colin, avez-vous choisi d'être peintre ?

Il la fixa un instant puis secoua la tête.

— Non, répondit-il, vous avez raison, les choses arrivent parfois sans qu'on demande rien. Croyez-vous au destin, Cass ?

— Oui, dit-elle dans un souffle.

Colin riva ses yeux à ceux de Cassidy.

— Bien sûr, je l'aurais parié. Alors, croyez-vous que ce soit notre destin de devenir amants ? demanda-t-il d'une voix douce.

Le cœur de Cassidy bondit dans sa poitrine. Pourtant elle secoua la tête en signe de dénégation.

— Vous mentez mal, Cassidy, observa Colin.

Puis comme pour lui prouver qu'il avait raison, il se pencha vers elle et prit ses lèvres. Chaque parcelle du corps de la jeune femme se mit alors à vibrer au rythme de la bouche sensuelle que Colin promenait sur la sienne.

Un sursaut de défense la fit s'écarter brutalement de lui.

— Non ! s'écria-t-elle.

— Pourquoi ? s'enquit Colin d'une voix caressante. Ce n'est qu'un simple baiser.

— Ce n'est pas qu'un simple baiser et vous le savez bien ! protesta Cassidy. Ensuite vous voudrez plus.

Il effleurait son visage de ses lèvres, enfouissait ses mains dans les boucles brunes.

— Je ne prendrai que ce que vous voudrez bien me donner, Cass, rien de plus.

Sa bouche se fit plus enjôleuse encore pour lui murmurer :

— Tu es si pure, si innocente... embrasse-moi, Cass, j'ai tellement besoin de toi !

Cassidy céda, dans un petit gémissement où se mêlaient étroitement crainte et désir.

Leurs corps s'embrasèrent instantanément, ignorant les signaux désespérés que leur envoyaient leurs cerveaux déconnectés de toute réalité. La bouche de Cassidy, avide, cherchait fébrilement celle de Colin, tandis que les mains de celui-ci exploraient les courbes harmonieuses plaquées contre lui. La crainte que Cassidy avait ressentie quelques secondes auparavant s'était évanouie, cédant la place à la délicieuse excitation de perdre tout contrôle d'elle-même et de la situation. Un besoin intense, presque primaire, de volupté la submergea. Elle renversa la tête en arrière, offrant sa gorge aux délicieuses morsures de Colin, bandant son corps à mesure que les caresses se faisaient plus audacieuses et plus précises sous son T-shirt. Elle s'abandonnait, toute frémissante d'un plaisir jusque-là inconnu, lorsque Colin la repoussa légèrement.

— Tu avais raison, admit-il d'une voix encore

rauque de désir. Ce n'est pas qu'un simple baiser. J'ai envie de toi, Cass, alors sache que nous n'en resterons pas là et que rien ni personne ne pourra m'empêcher de te prendre quand j'en aurai envie.

Il marqua une pause durant laquelle il relâcha son étreinte et laissa ses bras aller le long de son corps.

— Lorsque j'aurai terminé ton portrait, la prévint-il, nous n'aurons pas d'autre choix que celui de sceller nos deux destinées.

Effrayée par l'intensité de ses sentiments, Cassidy s'écarta vivement de Colin.

— Non ! s'écria-t-elle, le souffle encore court. Non, Colin, tu ne m'ajouteras pas à la liste tes maîtresses. Je vaux mieux que ça !

Le regard de Colin s'étrécit, signe avant-coureur de la colère qui bouillonnait en lui. Il s'approcha de Cassidy et, dans un geste brusque, prit ses lèvres dans un baiser aussi dur que bref. Bien que tremblante d'indignation, la jeune femme ne cilla pas, le défiant durement du regard.

— Le temps nous le dira, Cassidy chérie. En attendant, je vais te laisser, il est presque minuit. Et je ne voudrais pas commettre un péché irréparable, conclut-il en lui baisant le bout des doigts.

Puis il lui adressa un sourire distrait avant de se diriger vers la porte.

— N'oublie pas de fermer à clé derrière moi.

Chapitre 5

La semaine suivante se passa sans incident.

Cassidy était retournée à l'atelier le lendemain de la visite nocturne de Colin, bien déterminée à lui résister et à lui prouver qu'elle ne figurerait pas au nombre de ses multiples maîtresses.

Bien qu'elle ait dédié sa vie à ses études et à ses idéaux, Cassidy avait toujours espéré en secret vivre une relation profonde et durable avec un homme. Quelque chose de magique qui l'épanouirait au lieu de lui nuire. Grandir seule auprès d'un père veuf ne lui avait pas ouvert les yeux sur les relations complexes qui peuvent exister entre un homme et une femme. Et ce n'étaient pas les quelques liaisons superficielles qu'il avait entretenues avec des femmes dont il n'était pas amoureux qui l'avaient renseignée sur ce sujet.

Voir son père traverser la vie sans personne avec qui la partager avait renforcé son propre désir de vivre le contraire.

Elle ne se considérait pas pour autant comme une incurable romantique. Elle estimait simplement que, pour s'épanouir, son âme avait besoin d'amour véritable, tout comme son corps avait besoin de nourriture. Et tant qu'elle ne trouverait pas ce qu'elle cherchait, elle attendrait.

C'est donc forte de cette bonne résolution, et prête à lui tenir tête, qu'elle s'était rendue chez Colin.

Celui-ci semblait s'être replié dans une profonde indifférence et ne lui adressait la parole que lorsqu'il y était obligé. Pourtant, derrière cette apparente froideur, Cassidy sentait émerger des réminiscences d'émotions vives. Colère, passion ou excitation, elle n'aurait su dire exactement ce dont il s'agissait.

Les séances se succédaient durant lesquelles de longues plages de silence alternaient avec de brefs échanges de paroles.

A la fin de la semaine, les nerfs de Cassidy étaient tendus à l'extrême et elle se demanda si

Colin, qui semblait ne voir que sa toile, en avait conscience.

Un rayon de soleil caressait la peau nue de Cassidy. Elle concentra toute son attention sur la douce chaleur qui l'enveloppait, tentant d'oublier ses membres engourdis par une séance trop longue.

Elle regardait le pinceau de Colin passer de la palette à la toile et elle essaya d'imaginer son portrait vu par l'artiste.

Qu'allait-il en faire, une fois achevé ? se demanda-t-elle. Allait-il l'accrocher dans la galerie, ou irait-il grossir le nombre de ceux qu'il avait négligemment posés contre le mur ? Peut-être un riche collectionneur anglais l'achèterait-il à un prix astronomique pour décorer une des pièces de son manoir. Quel titre Colin allait-il lui donner : *Jeune femme en blanc*, *La Jeune Femme au bouquet de violettes* ?

Elle s'amusa à imaginer son portrait, sujet de discussion dans une salle de classe des Beaux-Arts ou encore découvert par hasard dans un grenier poussiéreux, dans un siècle ou plus. Quelqu'un se demanderait-il alors qui était cette jolie jeune femme et ce qui pouvait bien lui passer par la tête tandis qu'elle posait patiemment ?

Un étrange sentiment envahit soudain Cassidy, qui la mit mal à l'aise. Avait-elle envie que Colin mette son âme à nu, de même que le corps du modèle allongé sur le sofa ?

Le juron que laissa échapper Colin à ce moment-là la ramena brutalement sur terre et lui fit écarquiller de grands yeux étonnés.

— Tu as bougé ! vociféra-t-il en jetant violemment sa palette au sol.

Il se précipita sur Cassidy, si furieux que celle-ci en resta saisie de panique.

— Tiens-toi tranquille, bonté divine ! poursuivit-il durement en rectifiant la pose de la jeune femme avec de grands gestes impatients. Je t'ai prévenue que je ne voulais pas te voir gigoter de la sorte !

Cassidy ravala les excuses qu'elle s'apprêtait à lui faire et se dégagea vivement de ses mains fébriles.

— Ne me parle pas sur ce ton, Sullivan, lança-t-elle d'une voix sourde.

Elle flanqua son bouquet sur le rebord de la fenêtre et alla se planter devant Colin, ses yeux lançant des éclairs.

— Je ne « gigotais » pas comme tu dis et si,

par malheur, c'était le cas, ce serait simplement la preuve que je suis un être humain et pas un robot !

Elle rejeta la tête en arrière avec la volonté affichée de déranger la belle ordonnance de ses cheveux.

— Je ne doute pas qu'il soit difficile à l'espèce de demi-dieu pour lequel tu te prends de comprendre la simple mortelle que je suis, mais personne n'est parfait, n'est-ce pas ?

— Ton avis ne m'intéresse pas, riposta Colin d'une voix glaciale qui contrastait étrangement avec son regard, brûlant d'une rage contenue. La seule chose que je demande à un modèle, c'est de savoir se tenir tranquille et de m'épargner ses accès d'humeur pendant que je travaille.

— Dans ce cas, je te conseille de peindre des natures mortes ! lâcha Cassidy, furibonde, avant de lui tourner le dos pour se précipiter vers le vestiaire.

Colin la saisit par le bras, la stoppant net dans son élan.

— Tu ne partiras pas d'ici !

— Ah, tu crois ça ?

Elle releva fièrement le menton et tenta de se dégager, mais l'étau qui l'étreignait se resserra.

— Lâche-moi ! lui ordonna-t-elle tandis que l'extrême tension qu'elle avait subie tout au long de la semaine se muait en colère libératrice. Je n'ai plus rien à te dire et je n'ai pas l'intention de reprendre ta fichue pose aujourd'hui !

— Si tu veux, Cass, convint Colin, subitement radouci. Mais tu sais très bien que ce qui nous lie va bien au-delà de ces séances de pose et de ces discussions stériles.

Le cœur de Cassidy bondit dans sa poitrine tandis que les doigts de Colin s'enfonçaient douloureusement dans sa chair. Une fois encore, elle sut qu'elle allait céder à la pression. Colin était un homme de passion et elle pressentait que cette face sombre de sa personnalité, qui l'attirait comme un aimant, allait les entraîner tous deux sur une pente dangereuse. Dans un ultime sursaut de lucidité, elle raidit son corps que Colin serrait étroitement contre le sien et tenta de se dérober aux lèvres tentatrices qui cherchaient les siennes. Mais la lutte était perdue d'avance. Elle céda au baiser passionné que Colin plaqua sur sa bouche et dans lequel il fit passer toute la violence désespérée des sentiments qu'il éprouvait pour elle.

A mesure que les lèvres de Colin se faisaient

plus pressantes, Cassidy s'abandonnait, consentante, au plaisir intense qui la menait au bord de l'évanouissement. Paupières closes, elle se laissait guider dans des labyrinthes obscurs et inexplorés, où l'entraînait le désir sauvage de Colin. Elle ne résista pas plus lorsque ses doigts fébriles s'activèrent à dégrafer les boutons de sa robe. Son corps était un brasier qu'enflammait chacune des caresses de Colin sur sa peau nue.

Les coups frappés à la porte à ce moment-là déchirèrent le silence, jusque-là ponctué de leurs seuls gémissements de plaisir.

La voix de Gail leur parvint à travers les limbes de leurs esprits embrumés.

— Colin, quelqu'un veut te voir.

Colin lâcha à regret les lèvres de Cassidy et laissa échapper un juron. D'un geste brusque, il s'écarta d'elle, manquant de la faire tomber. Cassidy se rattrapa de justesse et le regarda, hagarde, choquée par une telle brutalité. La bouche encore enflammée des baisers qu'ils venaient d'échanger, le souffle encore court du désir qu'ils avaient éprouvé, elle ne comprenait pas ce soudain revirement.

La voix de Gail s'éleva de nouveau, plus forte.

— Colin, ouvre ! Je sais que la séance est terminée !

— J'arrive ! cria Colin, au comble de l'exaspération.

Sans un mot, il passa la main sous le coude de Cassidy et l'entraîna vers le vestiaire. Celle-ci, toute tremblante, tentait de rassembler ses esprits et de refouler les larmes qui lui brouillaient la vue.

— Change-toi, dit Colin d'une voix neutre.

Il parut sur le point d'ajouter quelque chose, mais il se ravisa et quitta la pièce, laissant Cassidy seule face à la détresse et au désarroi qui la submergeaient.

Il lui fallut plusieurs minutes avant de recouvrer un semblant d'équilibre et d'entendre vaguement les voix qui lui parvenaient de l'atelier.

Elle perçut d'abord le ton rapide et nerveux de Gail, puis celui, parfaitement calme et imperturbable, de Colin qui ne laissait rien filtrer de la passion qui avait déferlé sur eux quelques minutes auparavant. Une voix inconnue, au fort accent italien, couvrait les deux autres. Mais Cassidy, absorbée par l'image d'elle que reflétait le miroir, n'écoutait pas ce qu'ils disaient. Elle ne reconnaissait pas ces yeux cernés de mauve dans un visage au teint blême, aussi pâle que la couleur de la robe qu'elle portait. C'était le visage d'une autre femme. Une femme vulnérable, qui avait accepté sa défaite. Ça ne pouvait pas être elle !

Elle pressa machinalement ses mains sur sa figure, dans un geste protecteur dérisoire.

« Non ! se dit-elle, indignée. Colin Sullivan ne gagnera rien à jouer à ce petit jeu avec moi ! »

Elle retira sa robe d'un geste rageur et enfila son jean et son T-shirt. Déjà, en recouvrant son apparence habituelle, elle se sentait moins fragile. Elle prit le temps de se remaquiller légèrement tout en écoutant les bribes de conversation qui, à présent qu'elle se sentait plus forte, pénétraient clairement son esprit.

— L'utilisation de ces couleurs est très intéressante, jugeait Gail. Cela donne à l'ensemble un effet un peu irréel, je dirais même romantique. Attends-toi à révolutionner le monde de l'art avec un tableau pareil !

Cassidy comprit que c'était de son portrait que parlait Gail. Elle fronça les sourcils.

« Il laisse cette femme regarder mon portrait, se disait-elle, ivre de ressentiment. Alors qu'il me l'interdit ! »

— Romantique, c'est tout à fait ça ! renchérit la voix aux inflexions italiennes.

Vivement intéressée, Cassidy tendit un peu plus l'oreille pour ne rien rater de ce qui se disait.

— Mais moi, j'y vois aussi de la passion, reprit la voix. J'avoue que vous m'intriguez, Colin. Où voulez-vous en venir au juste à travers ce tableau ?

— A plusieurs choses, répondit Colin, énigmatique.

Elle imaginait aisément le sourire ironique qui accompagnait ces paroles.

— Je m'en doute, gloussa l'Italien qui n'essaya pas de percer le mystère. Mais dites-moi, vous n'avez pas encore commencé à peindre le visage ?

— Non, répondit laconiquement Colin.

— Vous piquez ma curiosité, mon cher. En tout cas, j'imagine qu'elle doit être belle, bien sûr, mais également assez jeune pour porter ce genre de robe et tenir à la main un bouquet de violettes. Mais ce n'est pas tout, je vous connais depuis assez longtemps pour deviner qu'elle doit avoir quelque chose en plus.

Cassidy attendit en vain une réponse de Colin. L'Italien poursuivit sans paraître prendre ombrage du mutisme de l'artiste :

— Où cachez-vous donc cette merveille ?

— Mais oui, renchérit Gail d'une voix faussement désinvolte, où est passée Cassidy ? Je suis certaine qu'elle adorerait faire la connaissance de Vince.

Elle ponctua sa déclaration d'un petit rire léger puis reprit d'un ton condescendant :

— C'est une très jolie petite personne, vous verrez. A moins qu'elle ne se soit déjà sauvée.

Cassidy, vexée par la description que Gail faisait d'elle, jugea opportun d'intervenir. Elle entra dans la pièce et salua d'un sourire éblouissant le trio qui faisait cercle autour du chevalet.

— Pas du tout, annonça-t-elle avec légèreté, je suis encore là et je serais effectivement enchantée que vous me présentiez Vince.

Le regard soupçonneux de Gail se porta tour à tour sur Cassidy, puis sur Colin, mais aucun des deux visages ne put lui révéler ce qu'elle semblait y chercher.

L'homme qui se tenait à côté de Colin était un peu plus petit que lui, mais sa sveltesse et son maintien altier donnaient l'illusion qu'ils avaient la même taille. Ses yeux de braise brillaient au milieu d'un visage au teint hâlé et aux traits lisses et réguliers. Il adressa à Cassidy un sourire carnassier qui ajoutait à son charme.

— Ah, *bella* ! s'exclama-t-il en allant à sa rencontre.

Il prit les mains de la jeune femme entre les siennes puis les porta à ses lèvres en la fixant de son regard pénétrant.

— *Bellissima* ! ajouta-t-il avec emphase. Mais bien sûr qu'elle est parfaite ! Colin, où avez-vous trouvé cette perle rare ? Je paierais cher pour en posséder une aussi magnifique !

Cassidy rit de bon cœur, amusée par la cour dont elle était l'objet.

— Il m'a trouvée dans le brouillard, répondit-elle à la place de Colin qui observait toujours un silence obstiné. Il m'a fait peur ! J'ai cru que c'était un agresseur.

— Ah, mon ange ! Méfiez-vous, il peut être bien pire que ça ! la prévint Vince en gardant ses mains toujours prisonnières. Je le connais bien, cet animal dont le sang irlandais bouillonne dans les veines. Depuis le temps que je lui achète des tableaux !

Colin les rejoignit enfin, le visage ombrageux.

— Vince, je vous présente Cassidy St. John. Cass, voici Vince Clemenza, duc de Maracati.

Eblouie par la prestigieuse identité de l'inconnu, Cassidy ouvrit de grands yeux ronds.

— Voilà ! vous êtes content ? Vous l'avez impressionnée avec ce titre ronflant.

Il porta de nouveau les mains de la jeune femme à ses lèvres, dans un baisemain tout aussi charmant que désuet.

— *Signorina*, voulez-vous m'épouser ?

— J'ai toujours pensé que je ferais une duchesse très présentable, répondit Cassidy en lui souriant par-dessus leurs mains jointes. Il vous suffira de m'apprendre à faire la révérence.

— En fait de révérence, intervint brusquement Colin, les gens s'agenouillent devant Vince pour baiser sa bague ducale.

Surprise par la rudesse du commentaire, Cassidy leva les yeux sur Colin. Il la fixait, un masque sombre et ténébreux sur le visage.

— Vous exagérez, mon ami, riposta Vince en lâchant enfin Cassidy pour poser sur l'épaule de Colin une main qui se voulait amicale.

Puis il fixa de nouveau son attention sur le portrait inachevé et poussa un soupir de frustration.

— Si vous saviez à quel point j'envie le don qui vous a été donné ! Enfin, je me consolerai en achetant cette merveille !

— Ce n'est pas possible, rétorqua Colin sans lâcher Cassidy des yeux. J'ai déjà une proposition.

— Vraiment ?

Vince haussa négligemment les épaules.

— Eh bien, j'offre le double, lança-t-il de l'air désinvolte des gens riches habitués à obtenir tout ce qu'ils veulent.

L'intervention de Gail mit fin à l'apparente amabilité des deux hommes.

— Vince était venu pour voir *Janeen*, annonça-t-elle en se dirigeant vers les toiles posées contre le mur.

— Je vais vous laisser, dit Cassidy.

Mais Vince l'attrapa par la main, coupant court à toute velléité de départ.

— Restez, *madonna*, je vous en prie. Je souhaite que vous me donniez votre avis sur l'œuvre du Maître.

Sans attendre son assentiment il la guida vers le chevalet sur lequel Gail avait placé le tableau. C'était celui où figurait la jeune femme nue allongée sur le sofa.

Gail adressa à Cassidy un sourire triomphant puis recula de quelques pas pour se ranger au côté de Colin.

— La jeune femme qui a précédé Cassidy, précisa-t-elle d'une voix lourde de sous-entendus.

Cassidy détourna le regard, désemparée par la complicité trop évidente qui existait entre Gail et Colin.

— Délicieux spécimen, murmura Vince, sous le charme de ce qu'il voyait. J'adore le parfum de scandale qui émane de cette jeune femme, cette liberté qui semble sans limites. Qu'en pensez-vous, Cassidy ?

— Je la trouve magnifique ! répondit celle-ci dans un élan de spontanéité. Cette sensualité qu'elle affiche avec une pointe de provocation me met mal à l'aise, et pourtant je l'envie d'être aussi libre avec son corps. Elle semble si sûre d'elle dans sa nudité intégrale ! Je suis certaine qu'elle doit même intimider quantité d'hommes... et qu'elle s'en réjouit !

— Outre sa beauté, votre modèle, mon cher Colin, semble douée d'un jugement sûr et très pertinent. Eh bien, je le prends ! Ainsi que le Faylor que Gail m'a montré dans la galerie. A mon avis, ce peintre ira loin.

Il se tourna vers Cassidy et, la fixant une nouvelle fois de son regard de braise, lui demanda :

— Voulez-vous dîner avec moi, Cassidy ? La plus belle ville au monde ne présente aucun intérêt sans une belle femme à ses côtés.

Colin ne laissa pas le temps à la jeune femme de répondre. Il posa sur son épaule une main possessive et dit d'un ton qui n'entendait pas être discuté :

— Vous pouvez prendre mes toiles, Vince, mais pas mon modèle.

— Ah…, ne put qu'articuler laconiquement Vince qui avait compris que Colin ne plaisantait pas.

Cassidy réprima la colère qui montait en elle et fusilla du regard Colin qui, d'un pas nonchalant, alla chercher la toile sur le chevalet pour la tendre à Gail.

— Emballe-la avec la toile de Faylor. Je descends tout de suite.

Gail s'exécuta en silence et disparut en claquant la porte derrière elle, sous l'œil perplexe de Vince.

Celui-ci posa un baiser léger sur la main de Cassidy et laissa échapper un long soupir.

— *Arrivederci*, Cassidy St. John, fit-il avec une pointe de regret dans la voix. Il semble bien que je sois voué à trouver moi-même ma perle rare dans le brouillard. Mais si jamais vous venez en Italie...

Il laissa sa phrase lourde de sens en suspens, puis se tourna vers Colin pour ajouter, plus pragmatique :

— J'espère que vous allez tenir compte de ma profonde déception dans le prix que vous allez m'annoncer.

Il pivota et quitta la pièce sur un dernier sourire charmeur.

A peine la porte se fut-elle refermée sur Vince que Cassidy laissa libre cours à sa colère.

— Comment as-tu osé ? explosa-t-elle, ivre de rage. Comment as-tu osé insinuer une chose pareille ?

— J'ai simplement expliqué à Vince qu'il pouvait prendre mes toiles mais pas mon modèle, répéta calmement Colin. Je ne vois pas une quelconque insinuation là-dedans. Et si tel était le cas, ce ne serait que pure coïncidence.

— N'essaie pas de me faire avaler ça ! Tu savais parfaitement ce que tu disais et tu l'as dit sciemment ! Sache que je ne tolérerai plus ce genre d'intrusion dans ma vie privée ! Je suis libre de voir qui je veux, quand je veux et je refuse que tu te mêles de mes choix !

Colin, mains dans les poches, laissa patiemment passer l'orage avant de prendre la parole.

— Tu es jeune, Cassidy, et encore tellement naïve ! Je connais bien Vince, c'est un vieil ami, mais c'est aussi un incorrigible coureur de jupons qui n'a aucun scrupule avec les femmes.

— Parce que toi tu en as, peut-être ? lui assena-t-elle dans un accès de fureur aveugle.

Elle vit les muscles de son visage se contracter et son corps se raidir tandis que ses yeux brûlaient d'une colère contenue.

— Bien vu, Cass, riposta-t-il d'une voix qu'il s'appliqua à garder lisse. Tu marques un point.

Il gagna la porte et ajouta sans se retourner :

— Ce n'est pas la peine de venir avant jeudi, j'ai besoin d'être seul un jour ou deux.

Cassidy, désemparée, se retrouva face à sa solitude. La victoire avait soudain un goût amer. La tension de ces dernières heures l'avait épuisée, tant physiquement qu'émotionnellement, et elle décida que ces deux jours lui seraient, à elle aussi, très profitables.

Elle alla dans le vestiaire pour y chercher son sac et, de retour dans l'atelier, eut la surprise d'y trouver Gail, qui, appuyée nonchalamment contre la porte, paraissait l'attendre.

— Quelle chance ! déclara celle-ci d'une voix doucereuse. Vous n'êtes pas encore partie. Cela tombe bien parce que j'aimerais avoir une petite discussion avec vous. En tête à tête.

Cassidy ne chercha pas à cacher son impatience.

— Pas maintenant, répondit-elle avec humeur, j'en ai assez pour aujourd'hui, je suis fatiguée.

— Je n'en ai pas pour longtemps, objecta Gail d'une voix qu'elle voulait posée.

Cassidy sentit que si elle voulait en finir rapidement, elle avait tout intérêt à l'écouter parler et à acquiescer à tout ce qu'elle dirait.

— Très bien, allez-y, je vous écoute.

— Eh bien voilà, commença Gail d'une voix faussement amicale, je ne sais pas si je me suis montrée assez claire en ce qui concerne les relations que j'entretiens avec Colin.

Elle marqua une pause, comme pour donner plus

de relief à ce qui allait suivre, et reprit, toujours aussi doucereuse :

— Colin et moi, nous nous fréquentons depuis un bon moment maintenant, et malgré les aventures qu'il a avec d'autres femmes, qui quelquefois d'ailleurs sont inventées de toutes pièces par la presse à scandale, je sais qu'il a besoin de moi. Nous sommes de la même trempe, tous les deux, vous comprenez, et je continuerai à veiller, comme je l'ai toujours fait, à ce que sa réputation d'artiste romantique et mystérieux ne soit pas ternie, et à ce que personne ne vienne se mettre en travers de notre chemin.

— Je ne vois pas très bien pourquoi vous me racontez tout ça, intervint Cassidy qui n'avait pas envie d'en entendre plus sur les prouesses amoureuses de Colin.

Gail cessa d'arpenter la pièce et vint se planter face à elle, l'épinglant d'un regard dur comme l'acier.

— Alors je vais être très claire : je suis obligée de tolérer votre présence ici parce que Colin a besoin de vous, mais je vous conseille de sortir de notre vie sitôt qu'il aura fini votre portrait. Sans quoi...

132

Elle agrippa le bras de Cassidy pour proférer la menace qu'elle avait laissée en suspens.

— Sans quoi, je serai obligée d'employer les grands moyens.

— Je ne doute pas un instant que vous en soyez capable, rétorqua calmement Cassidy, cependant sachez que je ne cède pas facilement aux menaces.

Elle retira la main qui serrait son bras et poursuivit tout aussi calmement :

— Votre relation avec Colin ne regarde que vous et je n'ai aucune intention de m'en mêler. Pas parce que vous me menacez, vous ne m'intimidez pas du tout, mais...

Cassidy s'interrompit avant de lui porter le coup de grâce.

— ... mais parce que vous me faites pitié. Votre manque de confiance en vous dès qu'il s'agit de Colin est vraiment pathétique ! Mais si cela peut vous rassurer, sachez que je n'intéresse Colin qu'en tant que modèle, même un aveugle s'en rendrait compte !

Elle pointa le doigt vers la toile qui trônait toujours sur le chevalet.

— Je ne suis pour lui qu'un objet dont il se

sert, au même titre que ses tubes de peinture ou ses pinceaux.

Une pointe lui vrilla le cœur tandis qu'elle formulait tout haut ce qu'une petite voix lui avait soufflé tout au long de cette journée harassante.

— Je ne représente aucun danger pour vous, conclut-elle fermement comme pour s'en convaincre, parce que je ne suis pas amoureuse de Colin et que je n'ai pas l'intention de l'être un jour.

Coupant court à l'entretien, elle pivota brusquement et sortit en claquant la porte derrière elle.

Ce ne fut qu'après avoir recouvré son calme, longtemps après, que Cassidy admit au fond d'elle-même que ce qu'elle avait affirmé à Gail n'était qu'un tissu de mensonges.

Chapitre 6

Cassidy passa les deux jours suivants à se perdre dans l'écriture. Elle était plus que jamais déterminée à prendre le recul nécessaire pour analyser ses émotions et savait que, pour y arriver, il lui fallait se couper totalement de Colin. La plage de répit qu'ils s'étaient accordée n'y suffirait pas, elle devrait également le chasser définitivement de son esprit. De même, elle avait décidé d'occulter la conclusion à laquelle elle était parvenue à l'issue de sa confrontation avec Gail, et de consacrer ces deux journées à son seul travail.

Elle écrivait frénétiquement, sans répit, oubliant parfois de se nourrir, couchant sur le papier ses propres émotions et exprimant à travers ses personnages ses craintes et ses désirs. Elle travaillait jusqu'au bout de la nuit, repoussant toujours le moment d'aller se coucher, jusqu'à ce qu'épuisée elle sombre dans un sommeil sans rêves.

Indifférente à la pluie qui tombait sans discontinuer depuis le matin et qui faisait hâter le pas aux passants, Cassidy écrivait, si concentrée qu'elle n'entendit pas la porte s'ouvrir et Jeff s'approcher d'elle. La main qu'il posa sur son épaule la fit hurler de peur.

— Je suis désolé, Cassidy, s'excusa piteusement Jeff. Je t'ai appelée deux fois, mais comme tu ne répondais pas, je me suis permis d'entrer.

Cassidy, à peine remise de ses émotions, plaça sur sa poitrine une main destinée à calmer les battements désordonnés de son cœur.

— Ça va, ne t'inquiète pas, je devrais pouvoir m'en remettre. Ton réfrigérateur est encore en panne ?

Jeff passa un doigt taquin sur le nez de Cassidy.

— C'est donc là que tu situes mon cœur transi d'amour pour toi ? Dans ton réfrigérateur ? Ma mère, qui me connaît mieux que personne, te dirait que je suis un homme plein de sensibilité.

Cassidy se renversa en arrière et considéra son ami en silence, un sourira indulgent aux lèvres.

— Je joue ce soir dans le bar qui est juste

en bas de la rue, précisa Jeff. J'aimerais que tu m'accompagnes.

— Oh, Jeff, j'adorerais, vraiment, mais...

Elle s'interrompit pour désigner d'un geste de la main les papiers qui encombraient son bureau.

— Ecoute, Cassidy, ça fait deux jours que tu es enchaînée à cette table de travail, tu as besoin de prendre l'air.

— Je ne peux pas, je dois retourner à l'atelier demain et...

— Raison de plus pour faire un break et te détendre un peu, insista Jeff. Tu es en train de trop tirer sur la corde, mon chou.

Il marqua une pause avant d'ajouter l'argument imparable :

— Je serais si heureux de voir un visage ami parmi le public ! Nous, les artistes, avons une sensibilité à fleur de peau et il est très important que nous soyons rassurés, conclut-il en souriant dans sa barbe.

Cassidy laissa échapper un profond soupir.

— Eh bien d'accord. Mais je ne resterai pas longtemps.

— Je joue de 20 heures à 23 heures. Tu seras largement couchée avant minuit.

— Parfait, dit-elle en fronçant les sourcils. Mais quelle heure est-il donc ? Ma montre indique 2 h 15.

— Du matin ou de l'après-midi ? railla Jeff. Il est plus de 7 heures, Cass. As-tu pris le temps de manger quelque chose au moins ?

Cassidy se souvint vaguement d'avoir avalé une pomme pour le déjeuner.

— Non. Enfin, pas vraiment.

En signe de reproche, Jeff secoua la tête de gauche à droite puis encouragea son amie à se lever de son siège.

— Allons, viens avec moi, nous allons nous offrir un maxi hamburger.

Cassidy repoussa en arrière quelques mèches rebelles qui lui balayaient le visage.

— Mmm, il y a bien longtemps qu'on ne m'a pas fait une proposition aussi alléchante, plai-santa-t-elle.

— Va chercher un imperméable, recommanda Jeff, indifférent au commentaire sardonique de la jeune femme. Au cas où tu ne l'aurais pas remarqué, il tombe des cordes.

Cassidy jeta un coup d'œil sceptique par la fenêtre puis alla chercher un léger coupe-vent à capuche qu'elle enfila en passant devant Jeff qui, galamment, lui tenait la porte ouverte.

— Je pourrai prendre un cheeseburger plutôt ?

— Ah, les femmes ! Jamais contentes ! conclut Jeff en refermant la porte derrière eux.

Après les deux jours de retraite qu'elle s'était imposés, Cassidy offrit avec bonheur son visage à la pluie battante. Elle se jeta goulûment sur son sandwich, se réjouissant finalement d'échapper aux repas plus que frugaux qui avaient constitué son ordinaire au cours des dernières quarante-huit heures.

Après avoir vécu une solitude totale pendant deux jours, elle appréciait de renouer avec la civilisation et de replonger dans la foule de ses congénères.

Elle s'installa tout près de la scène et commanda un café qu'elle sirota en écoutant les premières notes de musique qu'égrenait la guitare de Jeff.

La soirée était déjà bien avancée lorsque Cassidy s'aperçut qu'elle avait baissé la garde et que, insidieusement, le visage de Colin était revenu hanter ses pensées. Elle ferma les yeux, puis les rouvrit, sachant qu'il serait vain de nier l'évidence : elle ne pourrait jamais chasser définitivement Colin de son esprit.

Si l'artiste était certes brillant et plein de charme, l'homme qui se cachait derrière lui était imbuvable : trop sûr de lui, égoïste, opportuniste, impulsif, autoritaire, et il l'avait montré à plusieurs reprises dans ses accès de violence incontrôlée.

Et malgré ces défauts qui en auraient rebuté plus d'une, elle l'aimait.

Cassidy se mit à trembler comme une feuille, soudain incapable d'assumer une telle prise de conscience.

« Quelle idiote je fais ! Une incorrigible romantique qui fonce tête baissée dans les pièges les plus énormes ! »

Car la jeune femme n'ignorait plus que l'objet de ses pensées avait une maîtresse attitrée, parmi des dizaines d'aventures sans importance, et qu'il ne la considérait, elle, Cassidy St. John, que comme un support à sa peinture. Elle songea amèrement que, si toutefois elle lui cédait, elle ne serait pour lui qu'une passade de plus.

Colin était incapable d'aimer. Même Gail, pourtant si amoureuse, n'arrivait pas à éveiller en lui des sentiments profonds et véritables.

« Moi qui ai toujours rêvé d'un prince charmant qui n'aimerait que moi, il a fallu que je tombe amoureuse d'un séducteur dont le cœur est impénétrable et qui n'aura aucun scrupule à me piétiner. Bien joué, Cass! »

Quelle folie la prenait? Comment allait-elle faire face à cette situation?

Elle commanda un second café et, après avoir fait le vide dans son esprit, tenta de faire le point et de répondre à ses interrogations.

Elle ne pouvait pas se défiler : elle avait donné sa parole et devrait donc attendre que son portrait soit achevé avant de rompre les ponts avec Colin. Il faudrait qu'elle se résigne à supporter stoïquement l'humeur pour le moins changeante de l'artiste, ou ses périodes de mutisme, car des affrontements quotidiens étaient au-dessus de ses forces.

Cassidy sirota une gorgée de son café, les yeux dans le vague.

En outre, songea-t-elle en retrouvant le fil de ses pensées, il n'était plus question qu'il puisse lire en elle comme dans un livre ouvert. A l'avenir, elle prendrait donc bien soin de lui présenter un visage impénétrable où ne filtrerait aucune émotion capable de la trahir. Pas question non plus de s'humilier de nouveau en lui laissant entendre, comme elle l'avait déjà fait, qu'elle était amoureuse de lui. La seule chose à faire était de se comporter le plus naturellement possible et d'obéir docilement aux exigences du Maître : poser comme il l'entendait, ne parler que lorsqu'il le lui demanderait et se montrer simplement amicale avec lui.

Après tout, elle pouvait bien faire preuve d'un peu de patience : le travail avançant plutôt bien, elle n'en avait plus pour très longtemps à subir le caractère tyrannique de Colin Sullivan. Et sitôt qu'il aurait terminé...

Cassidy interrompit le cheminement de ses pensées. Sitôt qu'il aurait terminé... que se passerait-il ? se demanda-t-elle honnêtement.

Un voile de tristesse assombrit son regard.

Eh bien, lorsque Colin sortirait de sa vie, la terre ne s'arrêterait pas pour autant de tourner, se dit-elle fermement.

Elle vida sa tasse d'un trait et concentra son attention sur la musique mélancolique que Jeff arrachait à sa guitare.

*
* *

Cassidy resserra un peu plus son pull contre elle tandis qu'elle fouillait dans son sac, à la recherche de la clé que lui avait confiée Colin.

« Fichue clé ! » grommela-t-elle en écartant d'un geste impatient les mèches de cheveux qui lui barraient le visage.

La porte s'ouvrit soudain sur Colin qui, un sourire goguenard aux lèvres, posa les yeux sur les mains de la jeune femme crispées sur un petit carnet d'adresses, trois crayons à papier et une balle en mousse.

— Oh... bonjour..., balbutia Cassidy, embarrassée d'être prise en flagrant délit de négligence.

— Tu cherches quelque chose, peut-être ?

Cassidy capta le regard narquois de Colin et fourra rageusement ses trésors dans son sac.

— Non, pas du tout, affirma-t-elle avec aplomb. Je... je ne pensais pas que tu serais là si tôt.

— Manifestement, c'est une chance pour toi. Tu as perdu ta clé, Cass ?

— Non, je n'ai pas perdu ma clé. Je n'arrive pas à mettre la main dessus, voilà tout ! riposta la jeune femme en passant devant Colin, la tête haute.

Le frôlement de son épaule contre le torse de

Colin la fit frissonner. Si elle réagissait de la sorte, les choses risquaient de ne pas être aussi simples qu'elle l'avait prévu !

— Je vais me changer, annonça-t-elle brièvement en se pressant vers le vestiaire.

Lorsqu'elle revint, Colin préparait sa palette et ne daigna même pas lui adresser un regard. Son indifférence affichée sembla soulager la jeune femme.

« Tu vois bien, se dit-elle, tu n'as rien à craindre. »

— Je vais travailler les contours du visage aujourd'hui, annonça Colin tout en continuant à mélanger ses couleurs.

Cassidy tenta d'ignorer la petite pointe qui lui vrillait le cœur. Le ton impersonnel de Colin était bien la preuve qu'elle n'était rien de plus que Cassidy St. John, modèle parmi tant d'autres.

Elle garda le silence, bien résolue à ne pas être à l'origine d'un nouvel affrontement. Elle attendit patiemment qu'il ait fini la préparation de sa palette, puis se prêta complaisamment à la pose qu'il lui imposa. Mais lorsque ses mains se posèrent sur son visage, le feu coula instantanément dans ses veines.

— J'ai besoin de voir avec mes mains, lui

assura-t-il, les yeux brûlant d'un désir contenu. Mon regard ne suffit pas, tu comprends ?

Cassidy opina d'un hochement de tête.

Colin attendit quelques secondes puis releva le menton de la jeune femme du bout de ses doigts, légers comme une caresse.

Cassidy s'exhorta au calme, tentant d'ignorer le doux contact sur sa peau.

— Détends-toi, Cassidy, lui murmura Colin d'une voix caressante, il faut que tu te détendes.

Souffrant une délicieuse torture, elle obéit à la voix ensorcelante de Colin. Elle se demanda s'il entendait son cœur battre la chamade à mesure que ses doigts couraient sur son visage. Les barrières soigneusement érigées autour d'elle volèrent soudain en éclats et Cassidy, n'écoutant que ses sens en alerte, riva ses yeux à ceux de Colin.

— Ne bouge pas, lui commanda sèchement celui-ci avant de retourner vers son chevalet. Regarde-moi, ordonna-t-il tout aussi brièvement, palette dans une main et pinceau dans l'autre.

Cassidy s'exécuta docilement et fixa son attention sur un point imaginaire de la pièce. Mais ce fut peine perdue. Malgré ses efforts désespérés, ses yeux cherchaient sans cesse ceux de Colin, ses pensées retournaient invariablement vers lui et son cœur ne battait que pour lui.

Quel mal y avait-il à rêver un peu, songeait-elle. Quel mal y avait-il à vouloir glaner quelques heures de bonheur en sa présence ? Le temps des larmes et de la déchirure viendrait bien assez tôt, lorsque son portrait serait achevé.

Cassidy regardait travailler Colin, imprégnant sa mémoire de chaque détail infime qui le caracté-risait, car un jour viendrait où seuls les souvenirs qu'elle aurait de lui le feraient revivre.

Son regard s'attarda sur la foison de boucles brunes trop longues qui lui tombaient sur le front et chatouillaient sa nuque. Elle ne se lassait pas de fixer ses yeux qui allaient et venaient sans arrêt de la toile à son visage, et qu'une intense concentration rendait encore plus merveilleuse-ment bleus.

Quant à ses mains, qu'elle ne voyait pas et qu'elle aimait tant, elle pouvait aisément les imaginer, longues et fines sur sa peau, devinant ce qu'elle-même ignorait, voyant ce qu'elle-même ne verrait jamais.

Si une femme devait tomber follement amou-reuse une fois dans sa vie, alors, décréta Cassidy, ce ne pouvait être que d'un homme comme Colin Sullivan.

Ils travaillèrent de longues heures, ne s'arrêtant de temps en temps que pour permettre à Cassidy de détendre ses muscles engourdis.

Colin, fébrile, attendait impatiemment de se remettre au travail, laissant ainsi penser à Cassidy que quelque chose d'exceptionnel était en train de prendre corps. L'atelier tout entier vibrait de la passion créatrice de l'artiste.

— Les yeux, marmonna-t-il tout à coup en posant sa palette sur la table. Cassidy, viens près de moi, j'ai besoin de voir tes yeux de plus près. Ce sont eux l'âme de ce portrait.

Il prit la jeune femme par les épaules, l'approchant de si près qu'elle pouvait sentir son souffle chaud sur son visage. Il se dégageait de lui une puissante odeur de peinture et de térébenthine dont elle se grisa, consciente qu'elle serait à jamais liée au souvenir de Colin.

— Regarde-moi, Cass. Regarde-moi bien dans les yeux.

Cassidy obéit et se laissa docilement hypnotiser

par le regard pénétrant et inquisiteur de Colin. Ce qu'elle y vit à ce moment-là était le reflet de ses propres émotions.

« Je suis prisonnière de cet homme », songeait-elle, déjà vaincue. Elle entrouvrit la bouche, invitant Colin à combler l'espace infime qui les séparait. Mais alors qu'une flambée de désir s'allumait dans le regard de celui-ci, il s'écarta brutalement et alla se réfugier derrière l'écran protecteur de son chevalet.

Cassidy parvint à demander d'une voix faussement désinvolte :

— Alors, qu'as-tu vu ?

— Des secrets, murmura Colin. Et des rêves. Non, ne regarde pas au loin, Cass, je veux pouvoir les capter, ces rêves.

Cassidy obtempéra. Elle était trop lasse pour résister, elle n'en avait plus la force. Ni l'envie. Elle avait perdu toute notion du temps lorsque Colin la ramena à la réalité en se débarrassant bruyamment de sa palette et de son pinceau. Il considéra son travail quelques instants, sourcils froncés, puis s'approcha de Cassidy, un sourire satisfait aux lèvres.

— C'est parfait. Tu m'as donné exactement ce que je cherchais.

Une petite sonnette d'alarme tinta dans le cerveau de Cassidy.

— Tu as déjà fini ?

Colin porta les mains de Cassidy à ses lèvres et baisa tendrement chacun de ses doigts.

— Non, pas tout à fait. Mais je n'en ai plus pour très longtemps.

Le cœur de Cassidy se serra à la perspective de l'échéance, désormais trop proche.

— Tout se passe bien, alors ? parvint-elle à dire d'un ton dégagé.

— Plutôt, oui.

— Je suppose que je ne peux toujours pas regarder ce que tu as fait ?

— Je suis superstitieux, répondit-il en lui pressant légèrement la main. Ne m'en veux pas.

— Pourtant, tu l'as montré à Gail, objecta la jeune femme.

Elle regretta aussitôt le ton amer de ses paroles qui trahissait si bien son état d'esprit.

Colin lui pinça affectueusement la joue.

— Gail est une artiste, comme moi. Pas mon modèle.

Cassidy poussa un petit soupir résigné, puis commença à arpenter la pièce afin de dégourdir ses jambes ankylosées.

— Tu as bien dû la peindre à un moment ou à un autre…, insista-t-elle gentiment. Elle déborde tellement d'énergie, de vitalité !

— Justement ! Elle est incapable de tenir en place plus de cinq minutes, répondit Colin en s'appliquant à nettoyer ses pinceaux.

Cassidy cessa de marcher pour venir s'accouder négligemment contre le rebord de la fenêtre.

— Et comment fais-tu, lorsque tu peins des marines ? lui demanda-t-elle d'un air taquin. Tu ordonnes à la mer et aux nuages de ne pas bouger ? Je suis sûre que tu en es capable !

Elle s'interrompit pour s'étirer voluptueusement, puis souleva la masse de ses boucles brunes qu'elle laissa ensuite retomber en désordre sur ses épaules.

Colin avait interrompu sa tâche pour la fixer, subjugué par le spectacle de cette jolie femme qui s'offrait ainsi innocemment aux rayons du soleil.

Cassidy, troublée, lutta contre la pulsion qui lui commandait d'aller le rejoindre et de se blottir contre lui. Elle détourna le regard et gagna d'un pas nerveux l'autre bout de la pièce.

— La première fois que j'ai vu une de tes œuvres, c'était un tout petit tableau, dit-elle d'une voix qu'elle voulait naturelle. Il s'agissait d'un très joli paysage irlandais baigné de lumière. Je me souviens l'avoir aimé tout de suite parce que, curieusement, il me rappelait ma mère.

Cette évocation chassa le trouble que le regard de Colin avait provoqué et elle recouvra toute son assurance.

— J'ai des photos d'elle, bien sûr, mais je ne sais pas pourquoi, ce paysage me l'a rendue réelle. Pour la première fois je voyais ma mère s'animer devant moi.

La voix de Cassidy se brisa et c'est dans un souffle qu'elle murmura :

— Tes parents sont toujours en vie, Colin ?

— Oui, répondit celui-ci à qui l'émotion de la jeune femme n'avait pas échappé. Ils vivent toujours en Irlande.

— Tu dois terriblement leur manquer, non ?

— Je ne sais pas. Mes six frères et sœurs vivent aussi là-bas, alors j'imagine que ce n'est pas comme si j'étais leur fils unique.

— Sept enfants ! s'exclama Cassidy, admirative. Ta mère a beaucoup de mérite d'avoir élevé une progéniture aussi nombreuse !

— Elle avait la manière en effet, ironisa Colin. Et un martinet redoutable qui pouvait corriger trois d'entre nous en même temps.

— Vous deviez certainement le mériter.

— Sans doute, approuva Colin en reprenant le nettoyage de ses pinceaux. Mais je me souviens d'une ou deux fois, assez cuisantes, où j'aurais aimé que ma mère soit un peu moins adroite.

— Mon père, lui, était le roi des sermons ! se lamenta Cassidy. Et crois-moi, quelquefois, j'aurais préféré un bon coup de martinet à ses sempiternels discours qui ne faisaient que me blesser et me culpabiliser !

— La même méthode que ce bon vieux professeur Easterman à Berkeley ?

Cassidy, perplexe, plissa les yeux.

— Comment le sais-tu ?

— C'est toi qui m'en as parlé, mon chou. La semaine dernière ou peut-être la semaine d'avant. Je ne sais plus.

— C'est drôle, je pensais que tu n'écoutais pas un mot de ce que je racontais.

Soudain préoccupée, elle se demanda tout ce qu'elle avait bien pu déballer comme confidences à Colin depuis le début de leurs séances, persuadée alors que, de toute façon, elle parlait dans le vide.

— J'ai tellement bavardé en si peu de temps que j'ai oublié la moitié des sujets que j'ai abordés avec toi, avança-t-elle avec circonspection.

— Pas moi, lui annonça posément Colin après s'être essuyé les mains sur un chiffon propre. Tu as de nouveau ta petite ride, Cass. Celle qui se creuse lorsque tu es contrariée. Bien, je t'ai fait sauter l'heure du repas, alors si tu ne crains pas trop de mourir empoisonnée je propose d'aller voir en cuisine s'il y a de quoi te préparer un petit repas. Mais peut-être préfères-tu un simple café ?

— Non merci, je crois que je vais tout simplement rentrer chez moi et tenter ma chance auprès de mon voisin qui est le maître absolu en matière de beignets rassis !

Elle lui adressa un sourire éblouissant et regagna le vestiaire d'un pas digne. Finalement elle s'en était plutôt bien sortie, se dit-elle, assez fière d'avoir surmonté son moment de faiblesse. Pour une fois, elle s'était comportée en adulte responsable et cette perspective lui redonna toute la confiance qu'elle avait été à deux doigts de perdre. Elle se mit à chantonner et retira sa robe, qu'elle secoua ensuite légèrement afin de la défroisser. Le bruit de la porte qui s'ouvrait sur Colin lui fit pousser un petit cri aigu. Elle pressa de ses deux mains la robe contre son corps totalement nu.

— Que dirais-tu de dîner avec moi ce soir ? demanda Colin en s'appuyant négligemment contre le chambranle.

— Colin !

— Oui ?

— Colin, sors d'ici immédiatement ! Je suis complètement nue !

— Oui, je le vois bien, mais tu n'as pas répondu à ma question.

Rouge de confusion, Cassidy avala péniblement sa salive avant de demander :

— Quelle question ?

— Acceptes-tu de dîner avec moi ce soir ? répéta-t-il patiemment en s'attardant sur les épaules dénudées de la jeune femme. Tu ne peux pas te nourrir de beignets rassis, c'est très mauvais pour ta santé !

Cassidy resserra un peu plus contre elle le morceau d'étoffe.

— Jeff n'a pas que ça, il prépare aussi de succulents tacos. Et maintenant, Colin, veux-tu bien sortir et refermer la porte derrière toi ?

— Des tacos ? s'écria Colin avec dégoût, feignant de ne pas avoir entendu les supplications de Cassidy. Oh, non ! Il faut vraiment que je m'occupe de toi !

Cassidy était sur le point de réitérer sa demande lorsqu'un soupçon lui vint à l'esprit.

— Colin, serais-tu, par hasard, en train de me proposer de sortir avec toi ?

— Sortir avec moi ? répéta-t-il comme si cette éventualité ne lui avait même pas effleuré l'esprit.

Il fit mine de réfléchir un instant puis lâcha négligemment :

— Je crois que oui.

— Juste pour dîner, alors ?

— Juste pour dîner.

— A quelle heure ?

— 19 heures.

— D'accord. Et maintenant va-t'en, que je puisse me rhabiller.

— Certainement, dit-il avec une telle lueur de désir dans le regard que Cassidy recula d'un pas, sa robe toujours fermement serrée contre sa poitrine. Au fait, Cass, tu ferais un bien piètre général.

Une incompréhension totale se peignit sur le visage de Cassidy.

— Quoi ?

— Tu as oublié de couvrir tes arrières, précisa Colin en refermant la porte derrière lui.

Cassidy tourna la tête et vit son corps nu se refléter dans le miroir situé derrière elle.

Chapitre 7

Tandis qu'elle se préparait pour son rendez-vous avec Colin, Cassidy se félicitait de sa courte expérience chez « Bella ». Les longues heures passées à piétiner patiemment devant des cabines d'essayage lui avaient au moins permis de s'offrir la merveilleuse toilette qu'elle porterait ce soir. C'était une robe courte, en crêpe mauve vaporeux, dont les lignes, bien que fluides, mettaient merveilleusement en valeur sa silhouette harmonieuse. Un large décolleté dénudait ses épaules et un ruban de satin judicieusement placé sous la poitrine arrondissait ses seins menus. Elle enfila par-dessus sa tenue un manteau à capuche du même ton dont elle resserra la ceinture, soulignant ainsi sa taille mince.

Un dernier coup d'œil dans le miroir lui confirma

qu'elle avait fait le bon choix. Elle voulait tant que cette soirée soit inoubliable !

« Tu as tort, tu ne devrais pas y aller », lui soufflait insidieusement la voix de la raison.

En réponse, elle se brossa énergiquement les cheveux, espérant ainsi évacuer la nervosité qui la gagnait.

« Ça m'est égal, j'y vais quand même », se dit-elle à voix haute, comme pour mieux se persuader qu'elle avait raison.

« Tu vas souffrir », reprit la petite voix.

« Si je n'y vais pas, je souffrirai aussi. »

Elle mit fin à son monologue intérieur pour accrocher deux perles fines à ses oreilles.

Après tout, pourquoi n'aurait-elle pas droit à un moment de bonheur, elle aussi ? Tout le monde méritait d'être heureux, ne fût-ce que le temps d'une soirée !

En outre c'était l'occasion rêvée d'avoir Colin pour elle toute seule, sans ce fichu portrait entre eux. Elle avait l'espoir que ce soir, enfin, il la verrait vraiment, comme la jeune femme séduisante et débordante de vie qu'elle était et pas comme un simple modèle, transparent à ses yeux d'artiste.

Elle vaporisa sur elle un léger nuage de parfum.

Elle ne voulait pas penser à demain, mais juste profiter de l'instant présent. Une soirée, ce n'était pas trop demander, tout de même ! Elle aurait bien le temps de souffrir lorsque son portrait serait achevé. Pour l'heure, elle avait décidé de prendre ce que Colin aurait à lui offrir, quitte à en payer le prix plus tard.

Elle jeta un coup d'œil horrifié à sa montre : il était presque 19 heures et une fois de plus elle n'avait aucune idée de l'endroit où elle avait bien pu ranger sa clé !

Elle était à quatre pattes en train de chercher sous le canapé convertible qui faisait également office de lit, lorsque Colin frappa à la porte.

— Voilà, voilà, j'arrive ! cria-t-elle, furieuse contre elle-même.

Elle allait renoncer lorsqu'elle avisa enfin un objet brillant qui ne pouvait être que sa clé. Le petit cri de victoire qu'elle s'apprêtait à pousser s'étrangla dans sa gorge tandis qu'elle retirait de dessous le sofa une pièce de monnaie rutilante.

— C'est moi qui t'invite, bien entendu, railla Colin qui était entré sans attendre d'y avoir été invité.

Un sourire amusé aux lèvres, il observait

avec une curiosité affichée le singulier tableau qu'offrait la jeune femme, à quatre pattes sur le sol, le visage complètement dissimulé par l'écran de ses cheveux épars.

Cassidy leva les yeux sur Colin et ne put s'empêcher d'admirer le costume noir à la coupe parfaite qu'il avait endossé et qui accentuait sa carrure imposante. Une chemise blanche dépourvue de cravate et dont il avait ouvert le col apportait une note décontractée à la sévérité de sa tenue.

— C'est la première fois que je te vois en costume, remarqua-t-elle en se redressant à demi. J'aime beaucoup la façon dont tu le portes.

— Tu es vraiment déconcertante, Cassidy, commenta Colin, sincèrement surpris par la spontanéité de la jeune femme.

Il lui tendit une main pour l'aider à se relever tandis que, de l'autre, il repoussait les mèches qui lui tombaient sur le visage, découvrant ainsi le sourire ingénu qu'elle lui adressait.

— Tu penses vraiment ce que tu viens de dire ? s'enquit Cassidy.

Pour toute réponse il lui sourit en retour et l'examina de la tête aux pieds, d'un air approbateur.

— Tu es ravissante. Vraiment ravissante.

Il lâcha Cassidy pour ouvrir la main qui renfermait la pièce de monnaie.

— C'est pour payer le taxi ? demanda-t-il d'un ton moqueur. Avec ça, nous n'irons pas loin.

Cassidy fronça les sourcils, embarrassée.

— Je croyais que c'était ma clé, avoua-t-elle à contre-cœur.

— Bien sûr. On pourrait s'y tromper.

— Sous le canapé, oui, tout à fait, se défendit Cassidy avant de reprendre ses recherches. Elle doit bien être quelque part, grommela-t-elle en éparpillant les papiers qui recouvraient son bureau. Je ne comprends pas, j'ai pourtant cherché partout.

— Où est ta chambre ? s'enquit soudain Colin en la regardant secouer frénétiquement un dictionnaire, puis farfouiller sous les feuilles d'une fougère.

— C'est ici, l'informa Cassidy. De même que le salon, le bureau et la salle à manger. La solution idéale pour tout avoir sous la main et économiser des pas inutiles ! ajouta-t-elle avec humour.

Comme pour confirmer ce qu'elle venait d'avancer elle brandit triomphalement une gomme qu'elle venait de trouver sous une pile de carnets.

— Je la cherchais depuis hier.

Elle s'assit sur un angle de son bureau et laissa échapper un profond soupir.

— Voyons, réfléchissons deux secondes, dit-elle pour elle-même en passant son doigt sur l'arête de son nez. La dernière fois que je l'ai utilisée, j'étais allée au marché.

Elle ferma les yeux pour mieux revivre la scène et reprit :

— Je suis entrée et j'ai apporté mon panier de provisions dans la cuisine. J'ai rangé une bouteille de jus de fruits dans le réfrigérateur et ensuite...

Elle s'arrêta net, écarquilla les yeux et fila dans la pièce d'à côté. Lorsqu'elle revint elle faisait passer la clé d'une main à l'autre.

— Elle est gelée, expliqua-t-elle, rouge de confusion. Je devais avoir la tête ailleurs, certainement...

Elle alla chercher la pochette en lamé doré qui complétait sa tenue et y glissa la clé.

— Voilà, annonça-t-elle en gagnant la porte.

Colin la rejoignit et prit tendrement son visage entre ses mains.

— Cass ?

— Oui ?

— Tu as oublié de mettre tes chaussures.

Cassidy haussa négligemment les épaules, et lâcha avec humour :

— Je suppose que je pourrais en avoir besoin...

Colin l'embrassa chastement sur le front et la laissa partir.

— En effet, c'est mieux. Je crois qu'elles sont à côté de ton bureau.

Cassidy alla se chausser et revint vers Colin, sourire aux lèvres.

— Bien. Je n'ai rien oublié d'autre ?

Colin entrelaça ses doigts à ceux de la jeune femme et répondit :

— Non.

— Dis-moi, Colin, est-ce important pour toi que les gens que tu fréquentes soient un modèle d'organisation ?

— Pas particulièrement.

— Parfait. Dans ce cas, nous pouvons y aller.

La première des surprises que Colin allait offrir à Cassidy tout au long de cette soirée fut la magnifique Ferrari rouge qu'il avait garée juste devant chez elle.

— J'imagine que cette merveille t'appartient,

murmura la jeune femme, fascinée par la ligne racée du bolide. A moins que mon voisin n'ait hérité sans me le dire.

Colin ouvrit la portière du côté passager et invita Cassidy à s'asseoir dans le profond siège en cuir.

— Un des inestimables cadeaux que m'a faits Vince, précisa-t-il. Il m'a offert cette voiture pour que je peigne le portrait de sa nièce. Une charmante créature aux mâchoires proéminentes. Veux-tu que je referme le toit ouvrant ?

— Non, surtout pas !

Telle Cendrillon dans son carrosse magique, Cassidy se grisait du luxe qui l'entourait.

— Je croyais que tu ne peignais que des sujets qui t'intéressaient vraiment, objecta-t-elle.

— Vince est une des rares personnes à qui je ne peux rien refuser. Et puis, comme tu peux le constater, il sait utiliser les bons arguments !

Colin fit vrombir le moteur et une excitation extrême gagna Cassidy.

— Tu sais qu'avec le prix de cette voiture tu pourrais avoir une maison dans le New Jersey ? Avec au moins trois chambres, un garage et un joli jardin plein de fleurs ?

Colin sourit à cette évocation et engagea le

bolide dans la rue. Il contourna Golden Gate Park, évitant ainsi le labyrinthe tentaculaire des périphériques, saturés à cette heure de la journée, et emprunta de petites voies secondaires beaucoup moins fréquentées.

Cassidy s'enivrait du parfum des bouquets que vendaient des fleuristes ambulants et qui se mêlait à l'odeur puissante de la marée. Elle se cala confortablement contre son dossier et inclina légèrement la tête pour essayer d'apercevoir la pointe des gratte-ciel qui élançaient à l'infini leur silhouette gracile.

— Où allons-nous ? s'enquit-elle sans se soucier vraiment de la réponse car être au côté de Colin suffisait déjà amplement à son bonheur.

— Nous allons dîner, répondit laconiquement ce dernier. Je meurs de faim !

— Pour un Irlandais, on ne peut pas dire que tu sois très bavard, le taquina la jeune femme. Oh, regarde, le brouillard se lève ! ajouta-t-elle en pointant la baie du doigt.

En effet, une brume épaisse tapissait l'océan et commençait à engloutir le pont à une vitesse surprenante, ne laissant à découvert que le sommet de celui-ci.

— Les cornes de brume vont sonner cette nuit, murmura-t-elle. Je ne sais pas pourquoi mais chaque fois cela me rend mélancolique.

— Quel genre de sons te rend gaie, Cassidy ? demanda Colin en lui coulant un regard en biais.

Elle retint tant bien que mal les mèches de cheveux qui lui chatouillaient le visage et répondit en riant :

— Les bruits secs, qui éclatent comme des bulles de vie.

Elle s'interrompit pour contempler le ciel d'un bleu éclatant. Existait-il une autre ville au monde où deux éléments aussi paradoxaux se mêlaient avec autant d'harmonie ?

La voiture, en ralentissant, la tira de sa profonde rêverie. Elle écarquilla de grands yeux étonnés en reconnaissant la bâtisse majestueuse de l'hôtel Nob Hill.

Un portier en livrée vint ouvrir sa portière et lui tendit une main gantée de blanc pour l'aider à sortir. Colin le gratifia d'un pourboire généreux et passa son bras sous le coude de Cassidy.

— Tu aimes les fruits de mer ? s'enquit-il en la guidant vers l'entrée du restaurant.

— Oui, pourquoi ? Je...

— Parfait. Ils servent ici des plateaux assez exceptionnels.

— J'en ai entendu parler, en effet, murmura la jeune femme.

En quelques pas, elle bascula dans un monde luxueux qu'elle ne connaissait qu'à travers les livres qu'elle avait lus.

Impressionnée, elle balaya d'un regard circulaire la salle immense qui s'ouvrait devant elle. Elle s'extasia sur les plafonds tout en miroirs auxquels étaient suspendus de somptueux lustres en cristal qui surplombaient des tables rondes recouvertes de nappes en lin brodées, d'un blanc immaculé.

Un maître d'hôtel empressé, que Colin appela par son prénom, vint vers eux et les plaça à une table qui, bien qu'un peu à l'écart, offrait à ses occupants une vue d'ensemble sur la salle.

La perspective du sandwich au fromage qu'elle avait projeté de partager avec Jeff quelques heures auparavant sembla à Cassidy à des années-lumière de là.

Estimant sa curiosité satisfaite, elle reporta son attention sur Colin.

— Finalement, j'ai bien fait d'accepter ton invitation. Cela me changera des tacos.

— Je suis un homme de parole, Cass, et je tiens toujours mes promesses. C'est d'ailleurs pour cette raison que j'en fais rarement. Prendras-tu du vin ? lui demanda-t-il en lui adressant ce sourire charmeur qu'elle aimait tant et qui la faisait chavirer. Je suis sûr que tu n'es pas le genre de femme à te griser de cocktails.

— Vraiment ? Et pourquoi pas ?

— Parce que je lis trop d'innocence dans ces grands yeux violets.

Il s'interrompit pour repousser ses cheveux derrière ses épaules, d'un geste plein de tendresse.

— Et puis parce que ce serait trop convenu, trop bourgeois, pour que cela te plaise.

Un sommelier se tenait respectueusement derrière Colin, attendant patiemment les ordres de son prestigieux client. Sans quitter sa compagne des yeux, celui-ci commanda une bouteille de château-haut-brion.

Cassidy, fascinée, regarda le serveur esquisser une légère courbette avant de prendre la direction des caves.

— J'ai remarqué que tu travaillais à l'écriture de ton nouveau roman. Cela se passe bien ?

Cassidy considéra Colin avec surprise. Peut-être

l'avait-elle mal jugé et s'intéressait-il plus aux gens qu'elle ne l'avait supposé ?

— Oui, en fait, je crois que je tiens le bon bout. Je suis dans une période bénie où tout se met en place sans effort, comme par magie. En général cela ne dure pas très longtemps, mais c'est un laps de temps durant lequel je suis très productive, alors j'en profite. Est-ce que le même phénomène se produit en peinture ?

— Oui, et je comprends tout à fait ce que tu ressens. Cette impression que quelquefois on est touché par la grâce des dieux, que tout vient naturellement... Contrairement à d'autres fois où, sans savoir pourquoi, je m'échine des heures sur un travail qui ne me satisfait jamais. Comme toi lorsque tu jettes à la poubelle des pages et des pages d'écriture, je me trompe ?

Le retour du sommelier, portant cérémonieusement la bouteille de vin blanc sur un petit plateau d'argent, laissa la question de Colin en suspens. Dans un silence religieux, Cassidy assista au cérémonial lié à l'ouverture de la bouteille puis leva son verre en direction de son compagnon avant de boire une gorgée du nectar délicieusement frais.

— A toi, Cassidy ! dit Colin en portant un toast à son tour.

— Prends garde, je pourrais vite prendre goût à une vie aussi facile.

Pour toute réponse Colin lui adressa un sourire charmeur et plaça sa main libre sur celle de la jeune femme.

— Parle-moi un peu de ce que tu es en train d'écrire.

— Eh bien, c'est l'histoire de deux personnes, de leurs vies en commun et prises séparément.

— C'est une histoire d'amour ?

— Oui, mais c'est une histoire assez compliquée.

Cassidy baissa les yeux sur leurs deux mains jointes puis les releva sur Colin. Elle chassa les interrogations qui se pressaient, se souvenant de la promesse qu'elle s'était faite de profiter du moment présent sans penser au lendemain.

— Tous deux ont une forte personnalité, reprit-elle, et vivent donc une relation conflictuelle. Il y a en eux une volonté farouche de ne pas s'aventurer sur le terrain miné de l'amour, mais cela s'avère d'autant plus difficile qu'ils sont irrésistiblement attirés l'un vers l'autre.

— L'amour invente ses propres règles et celles-ci varient selon les joueurs, commenta Colin en caressant du bout des doigts la main de Cassidy. Est-ce que ton histoire connaîtra une fin heureuse ?

La jeune femme tenta d'ignorer les battements désordonnés de son cœur et riva crânement ses yeux aux yeux bleus qui la faisaient chavirer.

— Peut-être, murmura-t-elle. Je ne sais pas encore, mais leur destin est entre mes mains.

Colin porta les doigts de Cassidy à ses lèvres.

— L'espace de cette soirée, Cass, s'enquit-il d'une voix caressante, me laisseras-tu décider de ton sort ?

Cassidy soutint son regard sans ciller et répondit gravement :

— Oui. L'espace de cette soirée, mon sort est entre tes mains.

Colin leva de nouveau son verre et clama, sourire carnassier aux lèvres :

— A cette longue nuit qui s'annonce, alors !

Le dîner fut royal, le vin coula à flots et tous deux s'attardèrent longuement devant leur tasse de café, peu enclins à rompre la magie du moment.

Cassidy savourait intensément chaque minute passée en compagnie de l'homme qu'elle aimait et souhaitait désespérément posséder le pouvoir de retenir le temps.

Les bougies s'étaient depuis longtemps consumées dans leur chandelier lorsqu'ils quittèrent leur table. Colin glissa sa main dans celle de sa compagne et tous deux s'apprêtaient à franchir la porte lorsqu'une voix retentit près d'eux, les stoppant dans leur élan. Un petit homme replet et chauve, vêtu d'un costume impeccablement coupé, s'avança vers Colin, sourire aux lèvres, main tendue. Le diamant de la bague qu'il portait à l'auriculaire scintilla de tous ses feux.

— Sullivan, vieux frère ! s'exclama-t-il. Quel plaisir de te voir !

Le visage de Colin s'éclaira d'un sourire cordial.

— Jack ! Comment vas-tu ?

— Pas mal, pas mal du tout même. Je ne suis que de passage, le temps de régler quelques affaires en ville.

Il posa sur Cassidy un regard à la fois admiratif et interrogateur qui n'échappa pas à Colin.

— Cassidy, je te présente Jack Swanson, une vieille crapule. Jack, voici Cassidy St. John, le plus merveilleux modèle que j'ai jamais eu.

Cassidy rougit sous l'effet conjugué du compliment

et de l'honneur que lui faisait Colin de lui présenter l'un des plus grands producteurs de l'industrie cinématographique. Depuis plus de vingt-cinq ans maintenant, le nom de Jack Swanson était lié aux plus grands succès du box-office américain.

— Moi, une crapule ? feignit de s'offusquer Swanson en serrant la main de Cassidy dans la sienne. N'écoutez pas ce qu'il dit, mademoiselle. Il n'y a pas plus honnête que moi en ce bas monde.

Il balaya la jeune femme d'un regard approbateur avant de reprendre :

— Ce fourbe irlandais ne m'a jamais témoigné la moindre once de respect, mais je ne peux que m'incliner devant le bon goût dont il fait preuve. Vous n'êtes pas actrice, n'est-ce pas ?

— Non, sauf si je prends en considération le rôle de champignon que j'ai dû tenir dans la pièce de fin d'année de ma classe de quatrième, plaisanta Cassidy.

Swanson haussa les épaules, en homme désabusé qui en avait vu d'autres au cours de sa carrière.

— J'ai eu affaire à de prétendues actrices qui n'avaient même pas cela à leur actif, vous savez.

— Cassidy est écrivain, annonça Colin en entourant la jeune femme d'un bras protecteur.

Tu vois, j'ai sagement mis en application ce que tu m'avais dit : « Tiens-toi à l'écart des actrices. »

— Et depuis quand suis-tu mes conseils avisés ? railla Swanson.

Il se détourna de Colin pour considérer Cassidy avec un intérêt manifeste.

— Un écrivain... Quel genre d'écrivain êtes-vous, mademoiselle ?

— Un excellent écrivain, bien sûr, répondit cette dernière non sans humour. Totalement dénué d'ego, et d'humeur toujours égale.

Jack Swanson lui tapota la main.

— Dommage que j'aie un rendez-vous, sans quoi je vous aurais tirée des griffes de ce redoutable séducteur. En tout cas, je tiens à vous inviter à dîner avant de quitter la ville.

Il désigna Colin d'un signe de tête et reprit à l'intention de Cassidy :

— Vous pourrez l'emmener avec vous si vous voulez.

Puis, après une dernière tape amicale dans le dos de Colin, il s'éclipsa à grandes enjambées.

— Sacré bonhomme, n'est-ce pas ? dit Colin en reprenant fermement la main de Cassidy pour l'entraîner dehors.

— Oui, admit la jeune femme, encore émerveillée d'avoir côtoyé en si peu de temps un duc italien et l'un des maîtres incontestés d'Hollywood.

Cassidy poussa un petit soupir d'aise tandis qu'elle se glissait sur le siège de la Ferrari. D'humeur romantique, elle regarda la première étoile qui scintillait dans la nuit claire, tandis que la lune profilait son disque parfait à l'horizon.

— Où allons-nous ? demanda-t-elle après avoir remarqué que Colin ne prenait pas la direction de son appartement.

Il amorça en silence un virage délicat et se faufila avec adresse parmi la circulation dense.

— C'est une surprise, mais je pense qu'elle va te plaire.

Il lui coula un regard en biais.

— A moins que tu ne sois fatiguée ?

— Pas du tout, répliqua Cassidy, heureuse de l'opportunité que lui offrait Colin de prolonger leur soirée.

La boîte de nuit où il la conduisit était faiblement éclairée et un nuage de fumée opaque flottait au-dessus de leur tête. Ils se frayèrent tant bien que mal un chemin parmi la foule hétéroclite des clients qui, serrés les uns contre les autres sur une piste de danse minuscule, se démenaient au son de la musique que dispensait un groupe de rock.

Colin salua sur leur passage un nombre incroyable de personnes. Manifestement, ici aussi, il était un habitué des lieux !

— J'adore cet endroit ! s'exclama Cassidy avec enthousiasme. Je suis sûre que c'est le rendez-vous idéal des trafiquants d'armes et de bijoux volés !

Colin rit de bon cœur et saisit les mains de Cassidy entre les siennes.

— Tu aimerais en rencontrer peut-être ?

— Non, répondit la jeune femme, les yeux pétillant de malice.

Une serveuse, surgie d'on ne savait où, attendait avec impatience que ses clients veuillent bien passer leur commande.

— Apportez-nous du champagne ! commanda joyeusement Colin.

La serveuse marmonna quelque chose d'inaudible et repartit en traînant les pieds et en ondulant outrageusement des hanches.

Cassidy éclata d'un petit rire cristallin.

— Il semblerait que les courbettes ne soient pas de rigueur ici, commenta-t-elle gaiement.

— Peu importe, tout n'est qu'une question

d'ambiance. Ce genre d'attitude pour le moins décontractée est parfaitement normal dans un endroit comme celui-ci, mais serait choquant dans un endroit disons... plus conventionnel. Mais je ne déteste pas le côté un peu impertinent des serveuses et...

Il s'interrompit pour effleurer de ses lèvres le poignet de Cassidy et ajouter sur le mode de la confidence :

— ... les tables si petites qu'elles obligent à un contact très proche. Ainsi que les lumières extrêmement tamisées...

Ses lèvres caressaient à présent la paume de sa main.

— ... qui me permettent de goûter à ta peau dans une relative intimité.

Sa bouche délaissa la paume pour se faire plus sensuelle, derrière l'oreille de la jeune femme.

— Colin, protesta faiblement Cassidy, le souffle court.

Le bruit de la bouteille de champagne que la serveuse venait de poser bruyamment sur la table interrompit brutalement leur tendre tête-à-tête.

— Le service est rapide ce soir, murmura Colin comme pour lui-même.

Puis il tendit à l'hôtesse un billet que celle-ci empocha négligemment avant de s'éloigner de la même démarche chaloupée.

La musique assourdissante couvrit le bruit du bouchon qui sautait. Colin remplit la coupe de Cassidy qui profita de l'occasion pour tenter de reprendre ses esprits et de calmer les battements désordonnés de son cœur.

A mesure que leurs coupes se vidaient, Cassidy devenait plus détendue et plus rêveuse. Son esprit s'embrumait, la réalité s'estompait, cédant la place à une espèce de rêve éveillé où Colin se levait pour l'entraîner sur la piste de danse. Leurs corps parfaitement imbriqués ondulaient en rythme sur les notes d'un slow langoureux et, lorsque Colin enserra un peu plus fort la taille de la jeune femme, celle-ci noua ses bras autour du cou de son cavalier, comblant ainsi l'espace déjà restreint qui les séparait.

L'air était lourd de l'odeur âcre de la fumée de cigarettes et des parfums sucrés qu'exhalaient les corps transpirants des couples qui dansaient à côté d'eux.

Pourtant, ils avaient l'impression d'être seuls au monde.

Cassidy renversa la tête en arrière et riva ses yeux à ceux de Colin. Un frisson de désir la parcourut tout entière tandis qu'il resserrait son étreinte jusqu'à l'empêcher de respirer.

Lorsque mourut la dernière note, Colin prit Cassidy par la main et, sans un mot, l'entraîna dehors.

L'air frais de la nuit dissipa les brumes de leurs esprits et apaisa le feu qui courait dans leurs veines.

Un petit sourire heureux flotta sur les lèvres de Cassidy. Cette soirée était en tout point parfaite et elle se félicita d'avoir accepté l'invitation de Colin.

La Ferrari se rua à l'assaut d'une colline qui émergeait du brouillard épais recouvrant totalement la baie. Cassidy tourna la tête vers Colin, mais celui-ci devança sa question.

— Je t'emmène sur ma péniche, dit-il. J'ai quelque chose pour toi.

Des petits signaux d'alarme clignotèrent instantanément dans la tête de Cassidy, la prévenant d'un danger imminent. Il fallait qu'elle refuse, qu'elle demande à Colin de la reconduire chez elle. Mais la nuit n'était pas terminée et elle voulait la vivre jusqu'au bout. Comme elle se l'était promis en acceptant l'invitation de Colin.

La voiture amorça sa descente vers la mer, plongeant graduellement dans la brume opaque que signalait le gémissement sinistre des cornes de brume.

Lorsque Colin gara sa voiture, Cassidy avait de nouveau perdu pied avec la réalité pour s'immerger cette fois dans un monde où tout n'était qu'ombres fantasmagoriques.

Colin la prit par la main et la guida vers une forme indistincte aux allures de linceul géant. Au moment où elle allait poser un pied incertain sur une étroite passerelle en corde qui oscillait dangereusement, un souffle de vent déchira un voile de brume et la péniche émergea au clair de lune.

Cassidy s'arrêta, émerveillée par ce qu'elle voyait.

— Oh, Colin, c'est magnifique ! s'extasia-t-elle.

Elle eut à peine le temps d'admirer l'imposante silhouette de bois qui s'élevait sur deux niveaux que, déjà, le brouillard l'enveloppait de son voile opaque.

Une fois à l'intérieur Cassidy passa les mains dans ses cheveux humides pour tenter de les discipliner tandis que Colin la précédait pour allumer les lampes sur son passage. Ils descendirent deux marches qui les conduisirent dans le salon, grande pièce carrée meublée de divans moelleux et de tables basses leur faisant face. Sur la gauche, une autre volée de marches menait dans la cuisine.

Cassidy pivota vers Colin.

— Ce doit être merveilleux de vivre sur l'eau !

— Oui, d'autant plus que ce n'est jamais la même chose. Lorsque la nuit est claire, les lumières de la ville scintillent à la surface de l'eau comme autant de petites étoiles. Et lorsque, comme ce soir, le brouillard gomme tout, alors règne une atmosphère de magie et de mystère.

Colin s'approcha lentement de Cassidy et, dans un geste qui lui était à présent familier, repoussa tendrement quelques mèches rebelles derrière ses épaules.

— Tes cheveux sont mouillés, murmura-t-il. As-tu seulement la moindre idée du nombre de nuances différentes que je dois utiliser pour les peindre ? Il suffit de si peu pour que change leur couleur.

Colin fronça soudain les sourcils et laissa retomber ses mains.

— Je vais te servir un brandy. Tu es gelée.

Il sortit d'un placard de petits verres qu'il remplit d'eau-de-vie et en tendit un à Cassidy. La jeune femme en but une gorgée qui lui brûla délicieusement la gorge, puis elle commença à faire le tour de la pièce. Elle s'arrêta devant un tableau qui représentait un coucher de soleil sur la baie de San Francisco. C'était un embrasement total de couleurs intenses et de mouvements tourbillonnants. Sans même voir la signature de l'artiste, Cassidy savait qu'il s'agissait d'un Kingsley.

— Elle a vraiment beaucoup de talent, commenta Colin en s'approchant de Cassidy.

— Oui, admit la jeune femme avec sincérité, mais si belle soit-elle, je trouve cette toile trop agressive. Je ne pourrais pas commencer ma journée avec une telle explosion de violence devant les yeux.

— Tu parles de la toile ou de l'artiste ? s'enquit Colin.

Cassidy comprit soudain que Colin venait de formuler tout haut ce qu'elle ressentait.

Elle haussa les épaules et se détourna de l'œuvre.

— C'est curieux, continua-t-elle, on pourrait imaginer l'intérieur d'un artiste recouvert de toiles et pourtant il y en a relativement peu chez toi.

Elle reprit son inspection, passant lentement

d'une œuvre à l'autre pour les examiner chacune attentivement. Elle s'arrêta brutalement devant un tableau de petit format : c'était le paysage irlandais qu'elle avait évoqué le matin même devant Colin.

— Je me demandais si tu le reconnaîtrais, lui dit Colin qui s'était de nouveau approché d'elle.

Mais, cette fois, il posa ses mains sur les épaules de la jeune femme dans un geste possessif.

— Comment l'aurais-je oublié ? murmura Cassidy, émue.

— J'avais vingt ans lorsque je l'ai peint. Je venais de rentrer de mon premier voyage en Irlande.

— Comme c'est étrange que je t'en aie parlé précisément ce matin, constata Cassidy, troublée par une telle coïncidence.

— C'est le destin, Cass, clama Colin en déposant un baiser sur les cheveux de la jeune femme.

Il s'approcha de la toile, la décrocha du mur et la tendit à Cassidy.

— Tiens, je te la donne, elle est à toi.

— Non, Colin, je ne peux pas accepter, rétorqua la jeune femme, la voix chargée d'émotion.

L'incompréhension se peignit sur le visage de Colin.

— Non ? Mais pour quelle raison ? Tu semblais tellement l'aimer, cette toile !

— C'est vrai, je l'adore, Colin. Elle est si belle ! Mieux que ça même : je la trouve splendide ! Mais je ne peux pas te dépouiller d'une de tes œuvres comme cela !

— Tu ne me dépouilles de rien du tout, c'est moi qui te la donne, argua Colin. C'est le privilège de l'artiste d'offrir un de ses tableaux à qui bon lui semble.

Les yeux embués de Cassidy quittèrent la toile pour se fixer sur Colin.

— Colin, tu ne l'aurais pas gardée aussi longtemps si tu n'y étais pas attaché. Cette toile possède une valeur sentimentale, sans quoi tu l'aurais déjà vendue.

— C'est exact, il y a des œuvres qui ne sont pas faites pour être monnayées, mais pour être données.

Il lui tendit de nouveau le tableau.

— S'il te plaît, Cassidy.

Submergée d'émotion, Cassidy ne put retenir le sanglot qui lui nouait la gorge.

— C'est la première fois que je t'entends dire

« s'il te plaît », balbutia-t-elle, la voix entrecoupée de larmes.

— C'est parce que j'attendais l'occasion idéale, plaisanta Colin.

Eperdue de gratitude, Cassidy considéra Colin sous un angle nouveau. Car, bien plus qu'un tableau, il lui offrait le lien qui existait entre elle et la mère qu'elle n'avait jamais connue.

— Merci, chuchota-t-elle en esquissant un pauvre sourire.

D'un doigt léger Colin dessina le contour de ses lèvres.

— C'est cette sensibilité que j'aime le plus en toi, murmura-t-il. Mais assez de larmes pour aujourd'hui, décréta-t-il d'une voix forte en lui prenant le tableau des mains pour le poser sur la table. Viens t'asseoir et finis ton brandy.

Cassidy s'installa docilement sur le canapé qu'il lui avait indiqué et commença à siroter son verre d'alcool.

— Il t'arrive de peindre ici aussi ?

— Oui, quelquefois.

— Je me souviens que, la nuit où nous nous sommes rencontrés, tu voulais m'entraîner ici pour esquisser mon portrait.

— Et tu as brandi comme un bouclier protecteur un mari joueur de football, ricana Colin.

— C'est vrai que je n'ai pas vraiment réfléchi à ce que je disais, mais c'est la première chose qui m'a traversé l'esprit.

Elle se tourna vers lui pour lui sourire, mais leurs visages se frôlaient dangereusement. Avant qu'elle ait pu esquisser le moindre geste de recul, les lèvres de Colin effleuraient sa joue, puis glissaient sur sa bouche où elles s'attardèrent voluptueusement.

— Colin, gémit Cassidy qui sentait que la faiblesse et l'onde de chaleur qui la gagnaient ne devaient rien au verre d'alcool qu'elle venait de boire.

— Cassidy, susurra à son tour Colin.

Il posa sur elle un regard empreint de gravité.

— La dernière fois que je t'ai embrassée, je t'ai blessée. Je veux que tu saches que je le regrette.

— Je t'en prie, Colin, n'ajoute rien. Nous étions tous les deux en colère.

— Tu m'as déjà pardonné parce que c'est dans ta nature, insista Colin. Mais je n'oublierai jamais ton regard à ce moment-là.

Il marqua une pause pour lui caresser tendrement la nuque puis reprit d'une voix pleine de douceur :

— Je veux t'embrasser comme tu le mérites, Cass, mais avant je veux être sûr que c'est bien ce que tu souhaites.

Il serait si facile de refuser, songeait Cassidy. Il lui suffirait de dire « non » et il la laisserait partir. Mais elle sentait confusément qu'elle était irrémédiablement liée à cet homme.

— Oui, s'entendit-elle dire en fermant les yeux. Oui, je le veux.

Le signal donné, Colin se pencha vers Cassidy et, du bout de la langue, écarta ses lèvres offertes. Ses baisers étaient légers et tendres, sa bouche ne lâchant celle de Cassidy que pour mieux la reprendre. Il fit glisser de ses épaules la veste en toile légère qu'elle avait négligé d'ôter. Cassidy, docile, en proie à une douce langueur, jouissait de la chaleur de ses doigts sur sa peau nue. La tête dans les nuages, elle avait perdu toute notion du temps et répondait avec sensualité aux baisers devenus plus pressants de Colin. Elle se serra un peu plus contre lui, obéissant ainsi à ses sens en alerte.

— Cass, murmura Colin à son oreille.

La voix rauque de son compagnon redoubla le désir qu'elle éprouvait. Elle plaqua son corps ondulant contre le sien et passa une main experte sous sa chemise de soie. Le feu coula instantanément dans leurs veines. Colin renversa Cassidy sur les coussins moelleux, léchant à petits coups de langue chaque parcelle de chair qui s'offrait à sa bouche avide. Le sang battait aux tempes de Cassidy qui s'abandonnait avec volupté aux caresses expertes et s'ouvrait à plus de plaisir encore.

Lorsque les lèvres aventureuses de Colin s'attardèrent à la naissance de sa gorge, elle retint son souffle, ivre de désir. Il défit un à un les boutons de sa robe, prolongeant ainsi l'exquise torture, jusqu'à ce que ses seins libérés de toute entrave se tendent vers lui, réclamant désespérément sa bouche et ses mains. Il prit alors entre ses lèvres les tétons durcis, ne les quittant que pour dévorer de ses baisers ardents la peau brûlante de la jeune femme.

Cassidy gémissait d'un plaisir jusque-là inconnu lorsque Colin se redressa à demi pour planter dans les yeux troubles de désir de sa compagne son regard enflammé.

La jeune femme écarta tendrement la mèche qui retombait sur son visage et lui prit la main pour la poser sur sa joue.

D'un geste plein de délicatesse, Colin rajusta la robe de Cassidy, puis l'invita à s'asseoir avec lui.

Sa voix était encore rauque de désir et son cœur palpitant lorsqu'il lui dit :

— Il m'arrive rarement de me comporter en gentleman, mais c'est l'occasion ou jamais.

Il tendit sa main à Cassidy pour l'aider à se lever, puis l'enveloppa de sa veste.

— Je te ramène chez toi.

— Colin..., protesta faiblement Cassidy qui ne comprenait pas un tel revirement.

Car seule comptait à ce moment-là sa volonté de se donner à lui, corps et âme.

— Ne dis rien, je t'en prie.

Il fourra ses mains dans ses poches, comme s'il craignait de céder à la tentation de les promener de nouveau sur la peau de Cassidy.

— Souviens-toi, l'espace de cette soirée, tu as remis ton destin entre mes mains. Eh bien, je choisis de te reconduire chez toi. La prochaine fois, la décision n'appartiendra qu'à toi.

Chapitre 8

Allongée dans son lit, les paupières encore lourdes de sommeil, Cassidy regardait les rayons de soleil filtrer à travers les persiennes. Une multitude de petites taches claires dansaient sur le parquet.

Chaque matin, et tel un rituel immuable, elle regardait longuement le petit tableau qu'elle avait accroché face à son lit et dont elle connaissait désormais le moindre détail par cœur.

Elle laissa échapper un long soupir comme chaque fois qu'elle se remémorait la soirée passée avec Colin. Tout était précieusement gravé dans sa mémoire, depuis le moment où elle avait consenti à sortir avec lui, jusqu'au bref au revoir dont il l'avait gratifiée après l'avoir raccompagnée jusqu'à sa porte.

Lorsqu'elle était retournée à l'atelier le lendemain,

Colin s'était replongé avec désinvolture dans son travail, ne témoignant à la jeune femme aucune familiarité particulière.

Si, pour lui, le chapitre semblait clos, pour Cassidy, en revanche, il ne faisait que commencer.

« Je devrais lui être reconnaissante de ne pas avoir profité de la situation, se disait-elle crânement. Si j'étais restée... Si j'étais restée, je n'aurais été qu'une aventure de plus et, ensuite, il aurait repris sa vie comme si de rien n'était, exactement comme aujourd'hui. Finalement, c'est aussi bien comme ça, je ne garde qu'un beau souvenir de la soirée exceptionnelle que nous avons passée ensemble. »

— Quelle incorrigible romantique tu fais ! conclut-elle brutalement à voix haute en roulant sur le côté.

Des coups frappés à la porte la firent sursauter.

— Cassidy ! appela Jeff avant d'entrer dans la pièce plongée dans la pénombre. Mais qu'est-ce que tu fais ? Tu dors encore ? Il est 11 heures !

Cassidy tira le drap jusque sous son menton puis s'assit.

— Je ne dormais pas, répondit-elle d'une voix

endormie. Mais j'ai travaillé jusqu'à 3 h 30 cette nuit.

Elle fronça soudain les sourcils en direction de la porte que Jeff avait laissée grande ouverte.

— Je croyais pourtant l'avoir fermée à clé en rentrant.

Jeff leva les yeux au ciel en haussant les épaules avant de venir s'allonger sur le lit, à côté de Cassidy. Gênée, la jeune femme se mit à rougir violemment.

— Mais je t'en prie, fais comme chez toi, dit-elle d'un ton railleur.

Jeff sembla ne pas relever l'ironie de sa remarque et annonça fièrement :

— Regarde un peu ça ! On parle de toi dans le journal !

L'incrédulité se peignit sur le visage de Cassidy.

— Quoi ! s'exclama-t-elle en avisant le journal que Jeff tenait à la main. Mais qu'est-ce que tu racontes ?

— Eh bien figure-toi que, par le plus grand des hasards, je suis allé acheter ce canard tout à l'heure, et bien m'en a pris car devine ce que j'ai trouvé dans la rubrique mondanités ? Ma voisine et néanmoins amie : Cassidy St. John.

— Si c'est une plaisanterie, elle n'est pas drôle, riposta Cassidy en peignant de ses doigts ses cheveux emmêlés. Et d'abord, qu'est-ce que je ferais dans cette rubrique ? s'enquit-elle, toujours sceptique.

— Tu danses, langoureusement enlacée avec Colin Sullivan, l'informa posément Jeff.

Bouche bée, Cassidy ne pouvait détacher son regard de la page que son ami lui agitait sous le nez. Elle lui arracha soudain le journal des mains.

— Laisse-moi voir ça de près.

— Je t'en prie, rétorqua aimablement Jeff.

Il s'appuya sur un coude et s'amusa à observer le visage de Cassidy qui exprimait toutes sortes de sentiments contradictoires au fur et à mesure qu'elle lisait l'article.

— Il semblerait qu'on vous ait surpris dans un endroit un peu chaud de la ville, résuma Jeff. Et le photographe qui a pris cette photo s'interroge sur l'identité de la nouvelle conquête de Sullivan.

Il tira sur la pointe de sa barbe et haussa négligemment les épaules.

— De toute façon, il y a peu de chances pour qu'ils apprennent un jour qu'elle est assise, là, à côté de moi, juste vêtue d'un T-shirt de l'équipe de foot de San Francisco.

Il scruta de nouveau la page du journal et lâcha d'un air dégagé :

— D'ailleurs, tu n'es pas mal sur cette photo.

Ivre de colère, Cassidy bondit de son lit et lança violemment le journal par terre.

— Non mais, tu as lu l'article ? Tout ça n'est qu'un tissu de mensonges ! Comment osent-ils insinuer des horreurs pareilles ?

Elle envoya valser à l'autre bout de la pièce une basket qui se trouvait sur son passage.

Jack se redressa et regarda son amie arpenter nerveusement son appartement.

— Cassidy, calme-toi, ce n'est pas si grave après tout. Et d'ailleurs, ajouta-t-il en rassemblant les feuilles éparses, ils parlent de toi en termes plutôt élogieux. Tiens, écoute, ils t'appellent...

Jeff marqua une pause destinée à retrouver l'expression en question.

— Ah, voilà, c'est ici ! « Une jeune beauté en fleur », cita-t-il avec emphase. Cela te va plutôt bien, non ?

Cassidy étouffa le juron qui lui montait aux

lèvres et d'un coup de pied adroit envoya sa seconde basket rejoindre la première.

— C'est bien une réflexion d'homme, ça ! gronda-t-elle en tirant de son armoire, à grands coups de gestes rageurs, un pantalon de toile et un T-shirt rouge vif. Vous vous imaginez qu'il suffit d'un compliment, et hop, tout rentre dans l'ordre ! Je me trompe ? Eh bien moi, je refuse ! Ça ne va pas se passer comme ça !

Elle rejeta ses cheveux en arrière et poussa un long soupir.

— Je peux le garder ? demanda-t-elle d'une voix légèrement radoucie en désignant le journal.

— Bien sûr, dit Jeff. Je lirai autre chose.

Mais Cassidy, sourcils froncés, absorbée dans l'étude attentive de la photo, ne l'entendait déjà plus.

Jeff en profita pour s'éclipser et refermer doucement la porte derrière lui.

Moins de une heure plus tard, Cassidy arpentait le quai qui menait à la péniche de Colin. Elle tenait, bien serrée dans sa main, la page du *Sunday* que lui avait confiée Jeff. Encore agitée d'une indignation qu'elle jugeait légitime, elle emprunta l'étroite passerelle et tambourina à la porte du bateau. Aucune réponse ne lui parvint. Avisant la Ferrari garée à sa place, Cassidy redoubla violemment les coups.

— Ouvre-moi, Sullivan ! cria-t-elle. Je sais que tu es là !

La voix de Colin résonna au-dessus de sa tête.

— Qu'est-ce qu'il te prend de frapper comme une folle à cette porte ?

Cassidy recula de quelques pas et leva les yeux sur Colin, penché sur la rambarde du pont supérieur. Il était torse nu, seulement vêtu d'un bermuda, unique concession qu'il avait bien daigné faire à la bienséance. Il tenait à la main un pinceau plein de peinture bleue.

Le soleil, éblouissant à cette heure-là, la fit cligner des yeux. Elle plaça une main sur son front en guise de visière.

— Il faut que je te parle ! cria-t-elle en lui désignant le journal.

— Eh bien, monte ! Mais par pitié, cesse ce bruit infernal.

Il disparut de son poste d'observation sans lui laisser le temps de riposter.

Cassidy emprunta la coursive et monta un escalier étroit qui semblait conduire à l'endroit où se trouvait Colin. En effet, il était là, dos à la porte, assis bien droit sur un trépied, face à son chevalet.

S'approchant, Cassidy jeta un coup d'œil sur le sujet qu'il était en train de peindre. Il s'agissait d'une marine où une myriade de petits voiliers, mêlant gaiement leurs voiles multicolores, recouvraient presque totalement la surface de la baie.

— Alors ? Qu'est-ce qui t'amène jusque chez moi, Cass ? s'enquit l'artiste en serrant entre ses dents un pinceau dont il n'avait pas l'utilité.

Cassidy se campa devant lui et lui tendit le journal d'une main ferme.

— Ceci !

Avec un calme surprenant chez un homme qui ne supportait pas qu'on l'interrompe en plein travail, Colin reposa ses pinceaux, adressa un regard interrogateur à Cassidy, puis se plongea dans l'étude de la page qu'il lui avait prise des mains.

— C'est assez ressemblant, finit-il par déclarer.

— Colin !

— Chut ! Je lis.

Cassidy se tut à contrecœur et occupa son temps à faire les cent pas sur le pont.

Lorsqu'elle entendit Colin éclater de rire, elle pivota vers lui pour laisser de nouveau exploser sa colère, mais il l'arrêta d'un signe de la main.

— Je trouve tout cela extrêmement divertissant, lança-t-il sans se départir de son calme.

— Divertissant ! Tu as bien dit : divertissant ? fulmina Cassidy. C'est tout ce que tu trouves à dire de ce... de ce monceau d'inepties ?

Colin haussa négligemment les épaules.

— Ça pourrait être mieux écrit, peut-être, commenta-t-il platement. Tu veux du café ?

— Est-ce que tu as vraiment tout lu ? demanda-t-elle, suffoquant de rage. Tu as lu le passage qui dit... qui dit que...

Les mots lui manquaient tant la colère la submergeait. Elle alla se planter devant Colin, le regarda droit dans les yeux, et précisa en martelant chacun de ses mots :

— Je ne suis pas ta dernière conquête, Sullivan !

— Ah, lâcha laconiquement ce dernier.

Le calme affiché de Colin ne fit qu'exacerber la colère de Cassidy. Elle le fusilla d'un regard noir.

— Pas de ce ton désinvolte avec moi, veux-tu ?

Je ne suis pas ta dernière conquête, ni ta conquête tout court d'ailleurs ! En plus, je déteste ce mot ! Je déteste cet article, et je déteste ces insinuations sur le fait que nous avons une liaison !

Elle s'interrompit, haletante, et releva fièrement le menton.

— Peux-tu m'expliquer pourquoi le simple fait de danser ensemble fait de nous des amants ?

Colin regarda les boucles voleter autour de son visage fermé. D'un geste machinal, il les repoussa en arrière et laissa ses mains glisser sur ses épaules.

— Admets que l'idée est tentante, finit-il par dire. Mais si tu y tiens, nous pouvons traîner ce journal en justice.

Cassidy sut déceler la pointe d'amusement qui perçait à travers les paroles de Colin.

— Je veux un démenti dans ce même journal, exigea-t-elle, butée.

— Pour quelle raison, Cassidy ? Pour une photo volée ? Pour les quelques lignes qui l'accompagnent et dont il vaut mieux rire ?

Colin examina une nouvelle fois attentivement le cliché qu'on avait pris d'eux.

— En outre, ajouta-t-il, nul doute que nous ne gagnerons pas. Cette photo parle d'elle-même.

Cassidy s'éloigna de Colin et alla s'appuyer au bastingage. C'était cette photo qui l'avait fait réagir si violemment. Elle avait été bouleversée par la vue de leurs deux corps si parfaitement imbriqués, par leurs regards rivés l'un à l'autre, par cette intimité partagée malgré la foule qui s'agitait autour d'eux. Un flot d'émotions l'avait alors submergée, qui lui avait douloureusement fait prendre conscience du fait qu'elle ne revivrait plus jamais un moment de bonheur aussi parfait.

Elle considérait cette photo comme une cruelle intrusion dans sa vie privée, la violation d'un moment unique et magique qu'elle détestait voir étalé et minimisé dans ce journal. L'amour qu'elle portait à Colin était tellement plus fort que le simple lien évoqué dans ces quelques lignes ! Sans même connaître son nom, on l'avait baptisée « la dernière conquête ». La dernière, jusqu'à la prochaine, songea amèrement la jeune femme en regardant distraitement le ballet incessant des mouettes qui frôlaient la surface de l'eau.

— Je n'aime pas ça, grommela-t-elle. Je n'aime pas être jetée ainsi en pâture à des millions de lecteurs qui vont y aller de leurs commentaires personnels entre la poire et le fromage. Je n'aime pas que l'on donne de moi une image qui n'est pas la bonne. Et je n'aime pas être décrite comme...

— « Une jeune beauté en fleur » ? la coupa Colin en souriant.

— Je ne vois vraiment pas en quoi cette comparaison idiote est drôle ! riposta-t-elle, vexée.

Elle croisa les bras sur sa poitrine et fronça les sourcils.

— Et contrairement à ce que vous pensez, Jeff et toi, je ne trouve pas que ce soit un compliment, ajouta-t-elle avec humeur.

— Qui est Jeff ? s'enquit Colin.

Cassidy parut ne pas entendre et poursuivit sur un ton qui menaçait de monter d'un cran :

— Quand il s'est assis sur mon lit et qu'il a cherché à me persuader qu'au contraire je devrais être flattée, que je devrais...

Colin l'interrompit et insista :

— Peut-être pourrais-tu me dire qui est ce Jeff et ce qu'il faisait ce matin dans ton lit ?

— Pas *dans* mon lit, corrigea impatiemment Cassidy. *Sur* mon lit. Mais ce n'est pas le sujet de notre conversation, revenons-en au fait, veux-tu ?

— J'aimerais clarifier d'abord ce point, dit-il en

lui relevant le menton d'une main étonnamment ferme. J'insiste.

— Arrête, Colin ! se récria Cassidy en le repoussant. De toute façon, que veux-tu que je fasse avec quelqu'un comme toi qui ne cesses de me harceler et de me faire des reproches ?

— Moi ? Je te harcèle et je te fais des reproches ? répéta Colin.

L'accusation lui parut si incongrue qu'il éclata de rire.

— N'essaie pas de noyer le poisson, Cass, et parle-moi plutôt de ce fameux Jeff.

— Laisse Jeff en dehors de tout ça ! menaça Cassidy, les yeux brillants de colère. Il est simplement passé chez moi ce matin pour me montrer cet article. Je te le répète, Colin, je refuse catégoriquement d'être assimilée à l'une de tes innombrables liaisons ! Passées et à venir. Comme je refuse également de cautionner l'image de l'artiste romantique et ténébreux que tu veux donner de toi !

L'incompréhension se peignit sur le visage de Colin.

— Peux-tu m'expliquer ce que tu veux dire par là ? Parce que, vraiment, je ne comprends pas !

— C'est pourtant clair, non ? Et je pense réellement ce que je dis.

Colin fixa Cassidy avec curiosité.

— Je vois, en effet.

L'espace d'un instant ils se toisèrent en silence.

Cassidy détourna le regard de ce corps bronzé qui l'avait écrasée de son désir, de ces bras puissants qui l'avaient étreinte, de ces mains qui l'avaient fait frissonner. Elle sentait son fragile équilibre vaciller à la seule vue de cet homme qu'elle aimait. Elle pivota et retourna s'appuyer au bastingage.

— Je suis quelqu'un de simple, Colin, commença-t-elle d'une voix radoucie. Je suis née et j'ai grandi ici, dans l'Etat de Californie, et je ne connais rien d'autre de mon pays. Je ne suis pas issue d'un milieu bourgeois et je n'ai rien de ces femmes fatales et pleines de mystère que tu as l'habitude de fréquenter.

Comme pour se donner le courage de continuer, Cassidy prit une profonde inspiration et se retourna pour faire face à Colin.

— Mais j'assume parfaitement ce que je suis et je n'aime pas que l'on montre de moi une image dans laquelle je ne me reconnais pas, reprit-elle en levant les bras au ciel dans un geste d'impuissance. Je n'ai rien à voir avec la femme pour laquelle ils veulent me faire passer dans ce journal.

Colin plia le journal, le fourra dans la poche arrière de son bermuda, et, sans quitter Cassidy des yeux, alla la rejoindre.

— Surtout ne change pas, Cassidy, car tu es mille fois plus intéressante que le genre de femme pour lequel ils t'ont prise.

— Je suis sincère, je n'ai pas dit ça pour que tu me fasses des compliments.

— Je sais, fit Colin en ponctuant son propos d'un baiser si rapide que Cassidy n'eut pas le temps de s'y dérober. Tu te sens mieux, à présent ?

— Ne me parle pas sur ce ton condescendant, comme si j'étais une gamine capricieuse !

— Tu n'es pas une gamine capricieuse, rétorqua Colin d'un ton moqueur, tu es… « une jeune beauté en fleur ».

— Tu me trouves jolie ? demanda-t-elle soudain en relevant le menton et en le défiant du regard.

— Non.

— Oh ! s'exclama Cassidy, à la fois surprise et vexée.

Colin éclata de rire et prit le visage de la jeune femme entre ses mains.

— Tu as des traits fins, une peau de pêche, des yeux magnifiques, énonça-t-il, et il se dégage de l'ensemble de ton visage un mélange de force, de fragilité, de vivacité dont tu n'es même pas consciente et qui fait que le mot « jolie » est trop faible pour te qualifier.

Les joues de Cassidy s'empourprèrent violemment sous le compliment. Elle se maudit de rougir si bêtement chaque fois que Colin l'étudiait de trop près. Après plusieurs semaines maintenant, elle aurait dû y être habituée !

— Habile façon de t'en sortir, Sullivan ! Ce doit être ton côté irlandais.

— J'en ai une autre plus persuasive si tu veux, murmura Colin en l'embrassant avec fougue.

Une onde de désir électrisa Cassidy, neutralisant toute velléité de protestation. De petits gémissements de plaisir s'échappaient de ses lèvres entrouvertes tandis qu'elle effleurait de ses longues mains le torse nu de Colin. Une onde de chaleur se propagea dans ses veines, sa bouche se fit avide. Elle entraînait Colin dans un tourbillon de volupté qu'elle ne subissait plus, mais que, maîtresse du jeu, elle provoquait.

La passion les emportait tous deux loin des rivages de la terre, cœurs et corps à l'unisson.

— Cassidy, lui chuchota Colin, tu me rends fou.

Au comble de l'excitation, Cassidy devint plus audacieuse ; ses mains se firent plus aventureuses, sa bouche plus impatiente.

— Oh, excusez-moi ! dit une voix familière derrière eux. Apparemment je dérange.

Cassidy, sonnée mais incapable de se libérer de l'étreinte de Colin, tourna la tête vers Gail.

Celle-ci, affichant un calme olympien, se tenait en haut des marches, une main négligemment posée sur la rampe de l'escalier. Elle portait autour du cou une écharpe en mousseline émeraude qui flottait au vent, tel un étendard.

— En effet, oui, confirma Colin d'un ton sec.

Cassidy, cramoisie comme une enfant prise en faute, gigotait vainement pour s'écarter de Colin.

— Je suis désolée, Colin chéri, mais je ne pouvais pas me douter que tu avais de la compagnie, se défendit Gail. Surtout un dimanche, ajouta-t-elle perfidement.

Elle lui adressa un sourire indulgent qui signifiait clairement à quel point elle était au courant de ses habitudes.

— J'étais passée chercher les toiles de Rotschild, tu te souviens ? Et puis il y a une ou deux choses dont je voudrais discuter avec toi. Je t'attends en bas.

Elle traversa le pont pour gagner une porte qui conduisait à l'intérieur de la péniche, puis, sans se retourner, demanda avec désinvolture :

— Je prépare du café pour trois ?

Elle n'attendit pas la réponse et disparut dans l'escalier.

Cassidy leva les yeux vers Colin et tenta de le repousser.

— Lâche-moi, siffla-t-elle entre ses dents. Lâche-moi tout de suite !

— Pourquoi ? Tu semblais heureuse que je te tienne entre mes bras, il y a quelques minutes.

— Il y a quelques minutes, j'avais perdu la tête ! J'en suis tout à fait consciente à présent !

— Tu avais perdu la tête ? répéta Colin, goguenard. Comme c'est intéressant ! Et cela t'arrive souvent ?

— Le moment est mal choisi pour faire de l'ironie, Sullivan !

Colin relâcha son étreinte et libéra la jeune femme.

— Avoue qu'il y a des circonstances où il est difficile de résister à la tentation.

— C'est en effet très drôle, mais tu n'avais pas à me garder plaquée contre toi quand Gail nous regardait de haut, avec son sourire supérieur !

Cassidy ponctua son propos d'un petit reniflement et essuya des poussières imaginaires sur son T-shirt.

— Mais dis-moi, Cass, serais-tu jalouse par hasard ? Comme c'est flatteur !

Les yeux de Cassidy lancèrent des éclairs, sa respiration devint saccadée.

— Espèce de prétentieux insupportable... de...

— Tu semblais pourtant me supporter assez bien lorsque tu as « perdu la tête », comme tu dis.

Aveuglée par la colère, Cassidy se rua sur lui et leva un poing vengeur qui, si Colin n'avait pas eu le réflexe de le retenir, l'aurait frappé en plein visage.

— Habituellement ce sont des gifles que les femmes distribuent, commenta-t-il avec flegme.

— Je me fiche bien de ce que les femmes font ou pas ! rétorqua Cassidy, bien décidée à quitter les lieux aussi bruyamment qu'elle les avait investis.

Colin l'arrêta sur son passage et, lui souriant, l'embrassa tendrement sur le bout du nez.

— Pourquoi es-tu si pressée ?

— Parce qu'il y a un vieux proverbe irlandais qui dit à peu près ceci : « Trois, c'est un de trop », répondit-elle en le défiant du regard.

Colin haussa négligemment les épaules et lui caressa la joue.

— Allons, Cassidy, ne sois pas stupide !

Se pouvait-il qu'il ne comprenne rien à ce qu'elle ressentait ? se demandait Cassidy en levant les yeux au ciel. Elle refoula les cris qui lui montaient à la gorge et inspira à pleins poumons.

— Va... Va... Retourne donc à tes peintures !

Puis elle tourna les talons et se précipita dans l'escalier.

— Quelle charmante jeune femme ! Tout en délicatesse ! cria Colin par-dessus la rambarde en accentuant son accent irlandais.

Cassidy se retourna pour le fusiller du regard.

— Et merci de m'infliger l'épreuve d'un départ

aussi fracassant que ton arrivée ! ajouta-t-il en se penchant dangereusement.

— Va au diable ! cria Cassidy en retour.

Elle accéléra le pas, mais le rire de Colin résonna longtemps à ses oreilles.

Chapitre 9

Cassidy devinait à la façon dont Colin peignait que son portrait était sur le point d'être achevé. Les gestes brusques et impatients du début avaient cédé la place à de petites touches précises destinées à parfaire les détails d'une œuvre quasiment terminée.

A mesure que les séances se succédaient, elle éprouvait l'étrange sensation de se tenir en équilibre au bord d'un précipice. La perspective de l'échéance, au lieu de la soulager en la libérant des tensions presque palpables qui existaient entre elle et Colin, l'angoissait et lui faisait désespérément souhaiter pouvoir retenir le temps.

Colin n'avait jamais mentionné la visite pour le moins agitée qu'elle lui avait rendue et elle lui en était reconnaissante. Car avec le recul, elle avait compris à quel point sa réaction avait été démesurée. Elle éprouvait même une certaine honte à s'être ridiculisée de la sorte.

Mais si ce n'était pas la première fois que son caractère impulsif la plaçait dans une situation embarrassante, elle estimait que cette fois elle avait quelques excuses. Quelle personne normalement constituée accepterait de voir, sans réagir, ses sentiments les plus secrets étalés ainsi au vu et au su de tous ?

Cassidy décida de chasser ces mauvais souvenirs de son esprit et de se tourner résolument vers l'avenir.

« Il est grand temps de penser à demain, se dit-elle avec fermeté. Je vais trouver un nouvel emploi, connaître un autre univers. Je ferai d'autres expériences, d'autres rencontres. Et mes nuits resteront aussi désespérément vides. »

La voix de Colin la tira brusquement de ses pensées.

— Heureusement que j'avais terminé de peindre ton visage hier ! commenta-t-il. Tu as changé d'expression une douzaine de fois en moins de dix minutes !

— Je suis désolée. Je...

Elle s'interrompit, cherchant le terme exact.

— Je réfléchissais.

— C'est ce que j'ai cru comprendre. Manifestement ce n'était pas très gai.

— Non, en effet. En fait je réfléchissais à un passage de mon livre, mentit-elle.

— Mmm, marmonna Colin en s'éloignant de quelques pas de son chevalet. C'est un passage triste ?

— Ils ne peuvent pas tous être légers, éluda Cassidy.

Elle avala péniblement sa salive et demanda d'un ton qu'elle voulait désinvolte :

— Tu as fini, n'est-ce pas ?

Elle étudiait le regard critique que Colin posait sur son œuvre.

— Oui, presque, annonça-t-il sans quitter sa toile des yeux. Tu peux venir voir.

La panique s'empara soudain de Cassidy qui resta pétrifiée sur place, incapable de faire le premier pas.

— Allons, viens, l'encouragea Colin d'une voix pleine de douceur.

Les doigts crispés sur le petit bouquet de violettes, elle alla vers lui et prit la main qu'il lui tendait.

Puis elle tourna la tête et regarda.

Des centaines de fois, elle avait essayé d'imaginer ce qu'elle découvrirait lorsque le voile serait levé. Mais ce qu'elle vit était si beau, si différent de ce qu'elle attendait, que l'émotion la submergea.

Sur une toile de fond délibérément sombre et tout en profondeur se détachait, telle une apparition, la silhouette diaphane de Cassidy, drapée dans sa robe ivoire. Tout dans son attitude rappelait la fierté de ses origines. Les fleurs violettes tranchaient de façon étonnante sur le blanc laiteux de sa peau, en accentuant la fragilité. Sa chevelure luxuriante qui cascadait librement sur ses épaules contrastait avec la simplicité et la rigueur de sa tenue et invitait à la passion. Colin avait su rendre à merveille ce mélange de force et de vulnérabilité qui se dégageait de ses traits fins et délicats. Il faisait découvrir à Cassidy, émue, une facette d'elle-même qu'elle n'avait jamais vue, ni même soupçonnée.

Ses lèvres étaient entrouvertes dans l'attente d'un sourire probablement destiné à l'homme aimé. Ce que confirmait son regard. Un regard qui, bien qu'encore plein d'innocence, tendait vers l'amour et trahissait les sentiments qu'éprouvait le modèle pour le peintre.

Dans un geste plein de tendresse, Colin passa un bras autour des épaules de Cassidy.

— Tu es bien silencieuse, Cass.

— Je ne trouve pas les mots, murmura-t-elle. Aucun ne me paraît assez juste pour exprimer ce que je ressens. Et de toute façon, ce que je pourrais dire serait d'une banalité affligeante.

Tremblante d'émotion, elle se laissa aller contre l'épaule de Colin, essayant d'oublier ce qu'elle venait de lire dans ses propres yeux. Des rêves. Des secrets, lui avait un jour dit Colin.

Colin déposa un baiser léger au creux de sa nuque et relâcha son étreinte.

— Vois-tu, expliqua-t-il avec enthousiasme, il est rare qu'un peintre soit satisfait du résultat de son travail. En fait, une fois son tableau achevé, il n'a jamais l'impression d'avoir créé quelque chose d'extraordinaire.

Cassidy l'écoutait s'exprimer avec une ardeur dont il n'était pas coutumier.

— Mais là, reprit Colin, j'avoue que je suis assez fier. C'est ma plus belle création !

Il se tourna vers Cassidy pour conclure, au comble de l'excitation :

— Je te suis immensément reconnaissant, Cassidy, car c'est grâce à toi que j'ai réussi cet exploit. C'est toi l'âme de ce tableau !

Incapable d'en entendre plus, Cassidy se détourna de Colin. Il ne fallait pas qu'il lise la douleur sur son visage, il fallait qu'elle reste digne.

— J'ai toujours cru que c'était le peintre qui insufflait son âme à un tableau, objecta-t-elle d'un ton qu'elle voulait dégagé.

Elle laissa tomber le bouquet de violettes sur la table et se mit à arpenter la pièce, faisant bruisser la soie sur ses cuisses à chacun de ses pas.

— C'est grâce à ton… ton imagination, reprit-elle, à ton talent que ce tableau existe. Parce que, en réalité, qu'y a-t-il de moi là-dedans ?

Face au mutisme de Colin, Cassidy poursuivit sur le même mode faussement désinvolte :

— Mon visage, certes. Mon corps, aussi. Mais tout le reste est issu de ton imagination ! Tu as tiré de moi des choses que toi seul avais vues, dont j'étais totalement inconsciente et je ne suis pour rien dans ton travail de création !

Prononcer ces mots lui fit plus de mal qu'elle

ne l'aurait cru possible. Mais il fallait qu'elle les prononce.

— C'est ce que tu penses vraiment, Cassidy ? demanda Colin d'une voix qui s'appliquait à rester calme, mais où perçait la colère. Que tu n'as été qu'une potiche, une marionnette dont j'ai tiré les ficelles ?

Cassidy haussa les épaules et répliqua d'un ton désabusé :

— Je veux simplement dire que toi, tu es un véritable artiste, alors que moi, je ne suis qu'un écrivain au chômage.

Colin sortit de son mutisme pour aller rejoindre la jeune femme. Lorsqu'il la prit par les épaules pour la fixer intensément, tout son corps se raidit. Les doigts de Colin s'enfoncèrent douloureusement dans sa chair.

— Tu trouves vraiment que cette femme n'a rien à voir avec toi ? demanda-t-il d'une voix dangereusement calme.

— Je... je disais juste que...

Colin la secoua si violemment que les mots s'étranglèrent dans sa gorge. Le masque d'une colère froide ravageait ses traits.

— Tu penses réellement ce que tu dis ? Que

seule l'enveloppe m'intéresse ? Qu'il n'y a rien de toi dans ce portrait ?

— Pourquoi te faudrait-il mettre mon âme à nu de toute façon ? se rebiffa Cassidy d'une voix où se mêlaient colère et désespoir.

Elle pointa le doigt vers le chevalet.

— Je t'ai donné tout ce dont je suis capable, Colin, et tu m'as littéralement vidée de ma substance ! Qu'attends-tu encore ?

Elle le repoussa sans ménagement, essayant d'échapper à la chape d'angoisse qui commençait à lui étreindre le cœur.

— Tu ne m'as jamais vue autrement qu'à travers ce maudit tableau ! ajouta-t-elle en rejetant machinalement ses cheveux en arrière. Et tout y est dit, je ne peux rien te donner de plus. Heureusement, il est terminé !

Puis, sans laisser à Colin le temps de réagir, elle sortit de l'atelier en courant.

Après avoir quitté Colin, elle avait fourré à la hâte quelques affaires dans une valise, puis griffonné un mot à l'intention de Jeff, lui expliquant sommairement les raisons de sa fuite.

Et depuis deux semaines, elle vivait en recluse dans l'appartement que des amis, partis en vacances, lui avaient prêté.

Téléphone débranché et porte verrouillée à double tour, elle se noyait dans le travail, vivant par transposition la vie de ses personnages. Car tant qu'elle ne serait plus Cassidy St. John, elle ne pourrait pas souffrir.

A la fin de son séjour, elle avait perdu trois kilos, avancé son roman d'une centaine de pages et recouvré un semblant d'équilibre.

De retour chez elle, Cassidy entendit, à travers la porte, Jeff gratter sa guitare. Elle hésita un instant à lui signaler son retour, mais finit par y renoncer, ne se sentant pas encore prête à répondre au flot de questions qu'il ne manquerait pas de lui poser. Elle écarta également l'idée d'appeler Colin pour lui présenter ses excuses. En renouant avec lui, elle prendrait le risque de le voir de temps en temps, et la perspective de n'être pour lui qu'une amie lui était insupportable. Non, mieux valait en rester là et couper définitivement tout lien la rattachant à lui.

D'une main tremblante, elle entreprit de ranger dans sa boîte la robe de soie qu'elle avait portée si souvent au cours de ces dernières semaines. Tant de choses s'étaient passées depuis le jour où elle l'avait essayée pour la première fois !

Elle referma vivement le couvercle sur ses souvenirs. Cette partie de sa vie était close, décida-t-elle fermement.

Elle décrocha le combiné et appela la galerie où elle demanda à être mise en relation avec Gail.

— Bonjour, Cassidy, lui répondit la voix grave de celle-ci. Mais où étiez-vous donc passée ?

Cassidy éluda la question et annonça d'un ton neutre :

— J'aimerais que quelqu'un passe récupérer ma robe et la clé de l'atelier.

— Je vois, dit Gail.

Cassidy perçut la brève hésitation à l'autre bout du fil.

— Mais nous sommes terriblement débordés en ce moment, ma chère. Soyez gentille et venez les déposer à l'atelier. Vous n'aurez qu'à les laisser sur la table, Colin est absent mais il s'en chargera dès son retour.

— Je préférerais...

— Vous êtes un amour, la coupa Gail précipitamment. Je vous laisse, je dois y aller.

Cassidy laissa échapper un petit soupir contrarié et raccrocha.

Colin était absent. C'était le moment d'en finir définitivement !

Quelques instants plus tard, Cassidy poussait la porte de l'atelier. L'odeur de la peinture et de la térébenthine l'assaillit, et avec elle tout un flot de souvenirs.

« Ce n'est pas le moment de t'apitoyer sur ton sort ! » se chapitra-t-elle résolument en allant déposer la boîte en carton et la clé sur la table encombrée.

Elle resta pourtant un moment au centre de la pièce, s'attardant longuement sur chaque élément qui l'entourait. Elle avait passé des heures ici, et bien qu'ayant à la mémoire le moindre détail s'y rattachant, elle ressentait un besoin vital de s'en imprégner de nouveau. Elle craignait trop d'oublier quelque chose, qui se révélerait par la suite d'une importance capitale.

Surprise de constater que son portrait trônait toujours sur le chevalet, elle oublia la promesse qu'elle s'était faite de ne pas s'éterniser et alla le voir une dernière fois.

Ce qu'elle lut dans son propre regard la pétrifia.

Comment Colin avait-il pu la peindre de cette façon et croire à tous les mensonges qu'elle avait débités, se demandait-elle, interloquée. Car ce qu'elle lisait dans ses yeux était si évident qu'elle lui fut finalement reconnaissante de s'être fié à ce qu'elle avait dit plutôt qu'à ce qu'il avait vu. Elle tendit la main vers le tableau et caressa le bouquet de violettes.

La porte qu'on ouvrait à la volée la fit violemment sursauter. Son cœur se mit à battre la chamade tandis que toute couleur désertait son visage.

Elle tourna la tête et vit entrer Vince, un large sourire aux lèvres.

— Cassidy ! s'exclama-t-il. Quelle bonne surprise !

Déjà ses mains enveloppaient celles de la jeune femme.

— Bonjour, parvint à articuler Cassidy d'une voix blanche qui n'échappa pas au duc.

— Savez-vous que Colin vous cherche comme un fou ?

Cassidy éprouva un moment de panique à l'idée de voir ce dernier apparaître tout à coup devant elle.

Elle jeta un regard inquiet vers la porte.

— Non, je l'ignorais. J'étais partie quelque

temps. J'avais besoin de m'isoler pour écrire et je... En fait, je suis juste venue rapporter la robe que je portais pour le portrait.

Les grands yeux sombres de Vince se posèrent sur Cassidy, soupçonneux.

— Vous cachiez-vous, par hasard, *madonna* ?

— Non, absolument pas ! riposta trop vivement la jeune femme en s'approchant de la fenêtre ouverte. Je vous l'ai dit, je travaillais.

Elle regarda, attendrie, la mésange nourrir trois oisillons qui ouvraient à l'unisson de grands becs affamés. Il lui fallait à tout prix trouver quelque chose à dire, rompre ce silence embarrassant qui ne faisait que confirmer qu'elle mentait.

— Je ne savais pas que vous comptiez rester en Amérique aussi longtemps, lâcha-t-elle enfin.

— Ce n'était pas prévu, en effet. Mais je suis resté dans l'espoir de voir Colin me céder un tableau dont il semble ne pas vouloir se séparer.

Les mains de Cassidy s'agrippèrent au rebord de la fenêtre.

« Tu savais qu'il la vendrait. Tu savais depuis le début que cette toile terminerait comme les autres, achetée à coups de milliers de dollars.

Tu t'imaginais peut-être qu'il allait la garder, en souvenir de toi ? »

Cassidy secoua la tête et ne put réprimer une petite plainte de désespoir.

Vince, qui s'était approché d'elle, posa une main amicale sur son épaule.

— Je n'aurais pas dû venir, murmura-t-elle en secouant de nouveau la tête. Je le savais...

Elle s'apprêtait à prendre la fuite lorsque la poigne ferme de Vince l'en empêcha. Il la força à lui faire face. Comme s'il avait deviné son désarroi, il lui caressa la joue.

— S'il vous plaît, dit Cassidy dans un souffle, ne soyez pas si gentil avec moi. Je ne suis pas aussi forte que j'en ai l'air et je pourrais...

— Admettez que vous l'aimez, n'est-ce pas ?

— Non, mentit-elle encore dans un accès de désespoir, c'est simplement que...

L'incompréhension se peignit sur le visage de Vince.

— J'ai vu votre portrait, Cassidy, il est bien plus éloquent que de grands discours.

Cassidy releva la tête et pressa les paumes de ses mains sur son front brûlant.

— J'ai tellement lutté pour ne pas l'aimer, chuchota-t-elle, au bord des larmes.

Regrettant ce qu'elle jugeait comme un accès de faiblesse, elle ajouta précipitamment :

— Excusez-moi, Vince, je dois partir à présent.

— Cassidy, insista celui-ci d'une voix douce, il faut que vous le voyiez, que vous lui parliez !

— Je ne peux pas, protesta faiblement la jeune femme. S'il vous plaît, Vince, j'aimerais que ce que je viens de vous dire reste entre nous. Et puis achetez ce tableau, qu'on en finisse.

Sa voix se brisa et elle se laissa aller contre la poitrine rassurante de Vince.

— Je savais que notre histoire finirait avant même d'avoir commencé, dit-elle en fermant les paupières sur les larmes qui lui brûlaient les yeux.

Elle se blottit un peu plus entre les bras de Vince et laissa libre cours à son chagrin. Ami silencieux, Vince attendit patiemment que sa respiration redevienne régulière pour déposer un baiser chaste sur ses cheveux.

— Cassidy, Colin est mon ami et...

— En effet, je vois, dit soudain Colin qui venait d'entrer dans la pièce. C'est ce que je croyais aussi jusqu'à aujourd'hui.

Sa voix était dangereusement calme tandis qu'il s'approchait du couple enlacé.

— Mais il semblerait qu'en ce moment je me trompe pas mal sur les gens que je fréquente. Gail m'a dit que je te trouverais ici, en compagnie de mon « ami », ajouta-t-il à l'intention de Cassidy.

— Colin..., commença Vince.

Mais Colin ne lui laissa pas le temps d'achever et l'interrompit brutalement.

— Enlève tes mains de là et reste en dehors de tout ça, lui intima-t-il d'une voix dure qui alarma Cassidy.

Pressentant le danger, celle-ci tenta de se libérer de l'étreinte de Vince.

— S'il vous plaît, murmura-t-elle tandis que, dans un geste protecteur, il resserrait ses mains sur elle. S'il vous plaît, insista-t-elle.

Vince s'exécuta à contrecœur.

— Très bien, *cara*.

Puis il se tourna brièvement vers Colin.

— Contrairement à ce que tu penses, tu as un jugement très sûr et je ne t'ai encore jamais vu te tromper sur qui que ce soit, mon ami.

Il traversa la pièce d'un pas assuré et referma doucement la porte derrière lui.

Cassidy attendit quelques secondes et prit la parole la première :

— Je suis venue te rapporter la robe et la clé. Gail m'a dit que tu étais absent.

— C'était donc très pratique de vous y retrouver, Vince et toi, commenta Colin avec cynisme.

— S'il te plaît, Colin, arrête ça tout de suite, le supplia Cassidy dans un souffle.

— Pourquoi ? C'est bien ce que tu voulais, non ? Devenir la duchesse de Maracati ? Laisse-moi quand même te mettre en garde : si Vince est connu pour sa grande générosité il l'est tout autant pour ses infidélités permanentes.

Son regard, dur comme l'acier, pénétra celui de Cassidy.

— Mais je te fais confiance, il te suffira d'une semaine ou deux pour le mettre à tes pieds, conclut-il impitoyablement.

— Ces insinuations sont indignes de toi, Colin, répliqua Cassidy en reculant d'un pas.

Aveuglé par la colère, ses yeux furibonds lançant des éclairs, Colin agrippa la jeune femme par une mèche de ses cheveux, cherchant ainsi une façon de l'empêcher de lui échapper. Cassidy laissa échapper une petite plainte de douleur et leva sur lui un regard vaguement inquiet. Il lui apparut alors que Colin était au bord de l'épuisement, payant à ce moment-là les nuits blanches qui s'étaient accumulées.

— Colin...

— Tant d'innocence, lâcha-t-il d'une voix sourde. Oui, tant d'innocence. Tu es d'une intelligence redoutable, Cassidy.

Ses mains se mirent à caresser fébrilement les épaules de la jeune femme.

— Car c'est une chose de mentir avec des mots, mais mentir avec son regard, avec ses yeux, jour après jour ! Cela demande une certaine expérience.

Sous le coup de l'insulte, les yeux de Cassidy se remplirent de nouveau de larmes.

— Arrête, Colin...

Elle aurait tant voulu lui expliquer que pas une fois, au cours de ces longues semaines, elle n'avait menti, que son regard exprimait l'amour sincère et absolu qu'elle lui portait... Mais les mots restaient bloqués dans sa gorge nouée. Elle laissa les larmes rouler librement sur ses joues, ce qui eut pour effet de redoubler la colère de Colin.

— Qu'attends-tu de moi ? explosa-t-il. Que j'oublie que je me suis trompé ? Que j'ai vu dans ton regard, jour après jour, quelque chose qui n'a jamais existé ?

— Je t'ai donné tout ce que tu as exigé de moi ! se défendit Cassidy en sanglotant, tout ce que tu as voulu. S'il te plaît, c'est fini à présent, laisse-moi partir !

— Tu m'as donné une coquille vide, un masque ! Tu l'as dit toi-même ! Tout le reste n'est dû qu'à mon imagination ! C'est fini, dis-tu, mais comment une chose qui n'a jamais commencé peut-elle finir ? Tu m'as accusé de t'avoir vidée de ta substance, mais t'es-tu demandé une seule fois ce que moi, j'ai pu ressentir ?

Les pleurs de Cassidy, intarissables, redoublèrent de violence.

— Finalement, tu avais raison, Cassidy. Tu ne m'as offert que ton visage et ton corps car tu es bien incapable d'offrir autre chose. Il n'y a aucune chaleur en toi, et la femme de ce portrait, je l'ai créée de toutes pièces.

— Arrête, ça suffit ! cria Cassidy en se bouchant les oreilles.

Impitoyable, Colin baissa les mains de la jeune femme, l'obligeant à écouter jusqu'au bout ses paroles cruelles.

— La vérité te fait peur, Cassidy ? Mais ne crains rien. Seuls toi et moi saurons que ce tableau est un leurre, que cette femme n'a jamais existé que dans mon imagination. Après tout, nous nous sommes servis l'un de l'autre et chacun y a trouvé son compte, je me trompe ?

Il repoussa la jeune femme sans ménagement et conclut sur un ton glacial :

— Va-t'en à présent.

Aveuglée par les larmes, Cassidy s'enfuit en courant.

Chapitre 10

L'après-midi touchait à sa fin lorsque Cassidy regagna son appartement. Elle avait marché au hasard pendant des heures, indifférente à la pluie qui ruisselait sur son visage, se mêlant à la foule jusqu'à ce que, une fois ses larmes taries, sa peine se mue en fatigue.

Lorsqu'elle pénétra dans le hall de son immeuble, elle chercha machinalement dans son sac la clé de sa boîte aux lettres. Elle se forçait à accomplir ces tâches routinières, tel un rituel qui la raccrochait à la réalité. Elle ne se laisserait pas glisser au fond du gouffre, elle continuerait à avancer. Elle survivrait. Comme elle se l'était juré durant sa longue errance à travers la ville.

Cassidy introduisit la clé dans la serrure et retira pêle-mêle de la boîte tout un fatras de dépliants publicitaires auxquels se mêlaient quelques factures qu'elle examina d'un œil distrait tout en montant l'escalier. Elle s'arrêta net en avisant le tampon de la poste sur l'une des enveloppes. New York.

Durant de longues minutes, elle fit tourner la lettre entre ses doigts sans oser la décacheter, puis, sans vraiment s'en expliquer la raison, elle retourna à la boîte aux lettres, y fourra le reste de son courrier et se laissa glisser le long du mur. S'agissait-il d'un nouveau refus ? Mais, dans ce cas, pourquoi la maison d'édition ne lui avait-elle pas renvoyé son manuscrit ?

Elle poussa un profond soupir puis se résigna à ouvrir l'enveloppe. La gorge nouée, elle lut et relut la lettre plusieurs fois.

— Oh, non ! Pourquoi faut-il que je l'apprenne maintenant ? gémit-elle en maudissant les larmes qui, pour la deuxième fois de la journée, se mettaient à rouler sans retenue sur ses joues. Je ne suis pas prête à encaisser un nouveau choc.

D'un geste rageur elle essuya ses joues et secoua résolument la tête.

« Allons, secoue-toi, ma fille ! Tu es parfaite- ment prête au contraire ! Et cette nouvelle tombe à pic ! »

Elle fourra la lettre dans sa poche et ressortit, toujours indifférente à la pluie qui n'avait cessé de tomber. Dix minutes plus tard, elle tambourinait à la porte de Jeff.

Ce dernier vint lui ouvrir, sa guitare à la main.

— Cassidy ! Tu es de retour ! Mais où étais-tu passée ? Je commençais à m'inquiéter sérieusement !

Il s'interrompit, constatant soudain l'état dans lequel se trouvait la jeune femme.

— Hé, mais tu es complètement trempée !

— Ça ne fait rien, rétorqua Cassidy en brandissant une bouteille de champagne. Je me sens extraordinairement bien ! Jeff, mon manuscrit a été accepté. Tu te rends compte, il va être édité, tu pourras même le trouver dans la librairie du quartier !

Jeff poussa un cri de victoire et serra Cassidy dans ses bras en lui comprimant le dos de sa guitare.

— Ton manuscrit va être édité ! C'est formidable, Cass !

Cassidy le repoussa en riant aux éclats.

— Tu me fais mal, espèce de brute ! Allons, viens partager cette bouteille avec moi et sache que je te dispense du costume de rigueur.

Elle lui tourna le dos, alla ouvrir sa porte et lui fit signe d'entrer. Jeff daigna se débarrasser de sa guitare et alla rejoindre son amie.

— Donne-moi ça, ordonna-t-il en lui prenant la bouteille des mains. Et va te sécher pendant que je l'ouvre, sinon une pneumonie t'aura emportée avant même que le premier exemplaire de ton roman ne soit mis en rayon.

Jeff était en train de faire sauter le bouchon lorsque Cassidy revint de la salle de bains enveloppée dans un peignoir en éponge, ses cheveux trempés entortillés dans une serviette de toilette.

Un jet de champagne jaillit, éclaboussant le tapis.

— Ce n'est pas grave, ça porte bonheur ! déclara Jeff en remplissant deux coupes à dessert. Je n'ai pas trouvé de flûte à champagne, s'excusa-t-il.

— Normal, rétorqua Cassidy, je les ai toutes cassées.

Elle leva sa coupe et s'exclama d'un ton solennel :

— Je porte un toast à un homme très sage.

— Qui ça ? s'enquit Jeff en levant sa coupe à son tour.

— Mon éditeur, pouffa la jeune femme.

Elle but une gorgée et regarda les petites bulles éclater à la surface.

— Excellente cuvée, annonça-t-elle gravement.

Jeff chercha vainement sur l'étiquette une réponse à la question qu'il se posait.

— Tu ne trouveras pas, Jeff, dit Cassidy en riant, il est de cette année.

Les deux amis trinquèrent de nouveau et Jeff se pencha pour plaquer un baiser sonore sur la joue de Cassidy.

— Félicitations, mon chou. Alors, quel effet cela fait d'être bientôt célèbre ?

Cassidy libéra ses cheveux de la serviette mouillée et ferma les yeux quelques secondes.

— C'est difficile à expliquer. En fait, j'ai l'impression d'être quelqu'un d'autre. Je crois que je ne me rends pas très bien compte de ce qui m'arrive, avoua-t-elle en remplissant de nouveau son verre et en le vidant d'un trait.

L'alcool lui faisait délicieusement tourner la tête.

— J'aurais dû en prendre deux bouteilles, dit-elle gaiement.

Jeff éclata de rire puis replongea le nez dans sa coupe. Un coup frappé à la porte interrompit leur joyeux tête-à-tête.

— Entrez, annonça gaiement Cassidy, il y en a assez pour...

Les mots s'étranglèrent dans sa gorge. Colin venait d'entrer. Tandis qu'elle blêmissait, ses yeux bleus virèrent au noir.

Jeff les regarda tour à tour puis posa sa coupe sur la table basse.

— Je crois que je vais vous laisser. Merci, mon chou, nous reprendrons cette conversation plus tard.

— Ne te sens pas obligé de partir, Jeff, commença Cassidy, tu peux...

— J'ai un concert ce soir, la coupa ce dernier.

Cassidy le vit échanger un long regard avec Colin avant de disparaître.

Colin esquissa un pas vers la jeune femme.

— Cass...

— S'il te plaît, Colin, va-t'en.

Son cœur s'emballa, elle se mit à trembler de tous ses membres.

« Ne pleure pas, par pitié ne pleure pas ! » se dit-elle en fermant les yeux pour refouler les larmes prêtes à déborder.

— Je sais que je n'ai pas le droit de forcer ta porte, plaida Colin, ni même celui de te demander d'écouter ce que j'ai à te dire... Cependant je vais quand même le faire.

Cassidy s'obligea à garder son calme et à lui faire face.

— Nous n'avons plus rien à nous dire, Colin. Et je te demande de partir d'ici.

Elle affichait une telle assurance que Colin en fut ébranlé. Il hésita à poursuivre.

— Je comprends ta réaction, Cass, mais je pense que tu as droit à des excuses de ma part, à une explication.

— J'apprécie beaucoup ton offre, Colin, mais ce n'est pas nécessaire. Maintenant, lança-t-elle en soutenant son regard sans ciller, si c'est tout ce que tu...

— Je t'en prie, Cass, montre-toi plus charitable que je ne l'ai été. Je voudrais tant que tu acceptes mes excuses avant de me chasser définitivement de ta vie.

Incapable de répondre, sentant sa belle assurance s'écrouler comme un château de cartes, Cassidy fixa le bout de ses pieds nus.

Avisant soudain la bouteille de champagne, Colin demanda avec raideur :

— Vous étiez en train de fêter quelque chose ?

Cassidy s'efforça de répondre d'un ton désinvolte :

— Oui. J'ai reçu une lettre m'informant que

mon manuscrit avait été accepté et qu'il allait être édité.

— Cass, murmura Colin en s'approchant d'elle pour lui caresser la joue.

Cassidy se raidit et fit un pas en arrière. Colin, offensé, laissa retomber la main tendue.

— Je suis désolée.

— Je ne peux pas t'en vouloir de me repousser. Je t'ai déjà tellement blessée !

Il marqua une pause, semblant peser soigneusement ses mots avant de parler. Ses yeux cherchèrent ceux de Cassidy.

— Je te connais aussi bien que tu me connais, Cass, et je sais le mal que je t'ai fait. Je sais aussi qu'il va falloir que je vive avec ce poids sur le cœur. Je n'ai pas le droit de te demander de me pardonner, mais je te demande simplement de me laisser parler.

Cassidy poussa un long soupir puis capitula.

— Très bien. Vas-y, je t'écoute. Assieds-toi, si tu veux, ajouta-t-elle en désignant le canapé.

Colin déclina l'offre d'un signe de tête et alla s'accouder à la fenêtre. Son regard se perdit au loin.

— La pluie s'est arrêtée et le brouillard se lève, murmura-t-il comme pour lui-même. Je te revois, le soir où nous nous sommes rencontrés, la tête perdue dans les étoiles. Tu m'es apparue comme un miracle. Avant toi, j'avais une certaine idée de la femme, de la perfection physique, et lorsque je t'ai vue, j'ai tout de suite su que je l'avais trouvée. Alors, j'ai éprouvé le besoin vital d'immortaliser cette beauté.

Colin s'interrompit un long moment, puis reprit, mélancolique :

— Petit à petit, j'ai appris à te connaître et j'ai trouvé en toi toutes les qualités que j'avais toujours désespérément recherchées chez une femme : la gentillesse, l'humour, l'intelligence, la force, la passion. Et plus les jours passaient, plus tu me fascinais. Je ne sais pas si tu t'en souviens, mais un jour je t'ai avoué que tu m'ensorcelais. Eh bien, ce n'étaient pas des paroles en l'air : je me sentais vraiment possédé par toi. Jamais je n'ai eu envie d'une femme comme j'ai eu envie de toi.

Il se tourna vers elle. Les ombres jouaient sur son visage, accentuant la sévérité de ses traits.

— Plus je te touchais, plus je voulais te posséder. Totalement. Et si j'ai refusé de te faire l'amour, ce soir-là sur la péniche, c'est parce que je ne voulais pas te traiter comme l'une des nombreuses maîtresses qui ont jalonné ma vie et que je ne voulais pas profiter de l'amour que tu me portais. Pour toi, je voulais plus.

Cassidy ferma les yeux et laissa échapper une plainte de désespoir.

— S'il te plaît, Cass, laisse-moi finir. Le jour où j'ai terminé ton portrait, tu as nié en bloc tout ce que j'avais reproduit dans ce tableau, m'accusant de n'avoir fait qu'un travail de création. Tu étais si froide, si indifférente ! Tu ne t'en es pas rendu compte, mais tu m'as détruit, Cass. J'ai compris ce jour-là le pouvoir que tu avais sur moi, j'ai compris aussi que je t'aimais. Mais c'était trop tard ! Tu m'as annoncé froidement que tu ne pouvais rien me donner de plus, juste au moment où j'avais tant besoin de toi, de ton amour. J'étais aveuglé par la colère, je ne pouvais plus raisonner normalement, alors je t'ai laissée partir. Une fois calmé, je suis venu ici pour t'expliquer ce que je ressentais, mais tu étais partie.

Colin chercha son regard, mais Cassidy gardait les yeux fixés sur le sol.

— Pendant deux semaines, reprit-il d'un ton résigné, j'ai cru devenir fou de désespoir. Je ne savais pas où tu étais, je ne savais même pas si tu

allais revenir un jour, et cette idée m'était into-
lérable. Le mot que tu avais laissé à ton voisin
et qu'il a bien voulu me montrer ne m'a pas été
d'un grand secours.

— Tu as vu Jeff ? demanda Cassidy, sceptique.

— Cassidy, tu ne comprends donc pas ? La
dernière fois que je t'ai vue, tu t'es enfuie et
puis tu as disparu. Je ne savais pas comment te
retrouver, je pensais qu'il t'était peut-être arrivé
quelque chose. Je devenais fou !

Cassidy fit un pas vers lui et lui dit d'une voix
pleine de douceur :

— Je suis désolée, Colin. J'ignorais que tu
serais aussi affecté par mon départ.

— Affecté ! répéta Colin. Je n'étais pas affecté,
Cassidy, j'étais mort d'inquiétude ! Deux semaines
entières sans un mot, sans nouvelles ! Tu n'imagines
même pas le sentiment d'impuissance que j'ai pu
ressentir. Attendre, sans pouvoir agir, sans savoir
où chercher ! J'ai hanté tous les endroits que tu
aimais, jour et nuit, dans l'espoir de te retrouver.

Il serra les poings et fit un pas vers elle, l'air
menaçant.

— Mais bon sang, Cassidy ! Où étais-tu ?

Cassidy le regarda prendre une profonde inspiration avant de lui tourner le dos.

— Excuse-moi, murmura-t-il. Je n'ai pas beaucoup dormi ces temps-ci, j'ai tendance à perdre mon sang-froid.

Il s'avança vers la table où Cassidy avait posé sa coupe et la leva pour voir de plus près les gravures qui la décoraient.

— Très originales tes coupes à champagne, commenta-t-il avec dérision.

Puis il versa dedans le reste de la bouteille et porta un toast à Cassidy.

— A toi, Cassidy. Simplement à toi, dit-il avant de vider sa coupe d'un trait et de la reposer sur la table.

— Colin, je ne savais pas que tu serais aussi inquiet. J'étais partie pour pouvoir écrire et...

— S'il te plaît, coupa Colin d'une voix égale, je n'ai pas terminé. Lorsque je suis entré dans l'atelier ce matin-là et que je t'ai vue dans les bras de Vince, quelque chose en moi a explosé. Mets cela sur le compte de la fatigue, de la pression, de la folie, peu importe, tu as le choix. Le résultat est que je t'ai dit des horreurs impardonnables.

Il lui lança un regard éloquent et poursuivit sans la lâcher des yeux :

— Je me méprise profondément pour t'avoir fait pleurer, mais j'étais comme possédé. Au moment où je prononçais les mots, je savais qu'il ne fallait pas que je les dise, mais une force irrésistible me poussait à le faire. Je voulais te punir pour t'avoir trouvée là, blottie dans les bras de Vince, alors que je m'inquiétais pour toi comme un fou depuis des jours.

Il s'arrêta, secoua la tête et retourna à la fenêtre.

— Il faut dire que Gail a bien fait les choses. Elle savait exactement dans quel état d'esprit je me trouvais et n'ignorait pas quelle serait ma réaction en te surprenant seule en compagnie de mon ami. Elle l'a fait monter à l'atelier sous un faux prétexte avant que je ne revienne à la galerie, en sachant qu'il t'y trouverait. Lorsque je suis revenu, elle s'est fait un plaisir de m'annoncer que vous étiez tous les deux ici. J'aurais dû me rappeler à qui j'avais affaire, mais je n'avais plus l'esprit assez clair, alors je suis tombé droit dans le piège !

Colin marqua une nouvelle pause et se frotta la nuque, comme pour dissiper la tension qui le nouait depuis trop longtemps.

— Gail et moi avons couché ensemble occasion-
nellement, jusqu'à ce que les choses deviennent
trop compliquées entre nous il y a environ un
an, précisa-t-il, comme s'il s'agissait d'un détail
mineur.

Il regarda longuement Cassidy et lui dit avec
douceur :

— J'aimerais tant que tu comprennes les raisons
qui m'ont poussé à me comporter de façon aussi
abominable !

Le son de la guitare de Jeff leur parvint à travers
les minces cloisons de l'appartement, déchirant
douloureusement le silence.

— Colin, murmura Cassidy, tu as l'air si fatigué !

L'espace de quelques secondes, elle crut qu'il
allait la rejoindre. Mais il resta loin d'elle, préférant garder ses distances.

— Je ne sais pas exactement à quel moment je
suis tombé amoureux de toi, avoua-t-il. Peut-être
était-ce la nuit où nous nous sommes rencontrés
dans le brouillard, peut-être le jour où je t'ai vue
dans cette robe pour la première fois. Peut-être
même étais-je dans l'attente de te rencontrer, bien
des années avant de te connaître. Mais finalement,
peu importe.

Cassidy, l'écoutait, interdite.

— Je suis un homme complexe, Cassidy, tu me l'as dit toi-même un jour.

— Oui, je m'en souviens, murmura la jeune femme, au comble de l'émotion.

— Je suis égoïste, coléreux et sujet à de fréquentes sautes d'humeur. Je manque également de la plus élémentaire des patiences, sauf dans mon travail, mais sache que jamais personne, tu m'entends, Cassidy, personne ne t'aimera comme je t'aime !

Aucun son ne sortit de la bouche de Cassidy.

— Alors je vais te demander d'oublier d'être raisonnable et d'accepter de devenir ma femme, ma maîtresse et la mère de mes enfants. Je veux que tu partages ma vie, Cassidy, en m'acceptant tel que je suis.

Il s'interrompit une fois encore et reprit d'une voix radoucie :

— Je t'aime, Cass. Et cette fois, mon sort est véritablement entre tes mains.

Cassidy l'avait écouté parler et le regardait, émue, étonnée de le voir garder ainsi ses distances malgré la déclaration qu'il venait de lui faire. Elle se souvint alors de ce qu'avait exprimé son regard lorsqu'elle l'avait repoussé quelques minutes auparavant et elle comprit ce qu'il attendait d'elle.

Lentement, sans le quitter des yeux, elle alla vers lui. Lorsqu'il ne resta qu'une distance infime entre eux, elle passa les bras autour de son cou et enfouit son visage au creux de son épaule.

— Porte-moi, lui dit-elle en se pressant contre lui. S'il te plaît, Colin, porte-moi.

Colin enserra la taille fine de la jeune femme et la souleva jusqu'à ce que leurs bouches s'unissent en un baiser passionné.

— Je t'aime, lui murmura-t-elle à l'oreille. Il y a si longtemps que je brûle de te le dire.

Colin enfouit son visage dans les cheveux de Cassidy, se grisant du parfum de fleurs mouillées qui s'en dégageait.

— Ton regard me le criait chaque fois que je te regardais, mais je refusais de le voir. Je ne voulais pas croire que j'étais tombé amoureux, du moins pas aussi facilement. Il a fallu que ton portrait soit terminé pour que je veuille bien l'admettre, pour que je refuse la perspective d'un avenir sans toi.

Il resserra son étreinte, sa voix se fit plus caressante.

— J'ai cru devenir fou tous ces derniers jours. Je

passais des heures devant ton portrait, ne sachant pas où tu te trouvais ni si je te reverrais un jour.

— Je suis à toi pour toujours, Colin, murmura Cassidy. Et tu pourras vendre mon portrait à Vince.

Elle ne chercha plus à protester lorsque les mains de Colin se faufilèrent sous le peignoir, cherchant à caresser sa peau douce.

— Non, protesta Colin, je t'ai dit un jour que certaines choses n'étaient pas monnayables. Eh bien, ce portrait en fait partie, il y a trop de notre histoire en lui. Et je ne ferai aucune exception pour Vince.

— Pourtant je croyais...

Elle s'interrompit, s'apercevant soudain qu'elle s'était trompée en pensant que Vince voulait acquérir son portrait. Une nouvelle vague de bonheur la submergea lorsqu'elle comprit que Colin n'avait jamais eu l'intention de se séparer de cette toile, point de départ de leur amour.

— Que croyais-tu, ma chérie ?

— Non, rien, éluda-t-elle en couvrant le visage de Colin de petits baisers. Je t'aime.

— Cass...

Elle sentait leurs deux cœurs palpiter à l'unisson.

— Tu veux savoir l'effet que tu me fais ?

— Oui, montre-moi, chuchota-t-elle à son oreille d'une voix enjôleuse.

A mesure que Colin prenait ses lèvres avec plus de passion, Cassidy sentait le désir monter en lui. Elle s'émerveilla du pouvoir qu'elle avait sur cet homme qu'elle aimait tant et répondit avec ardeur à son baiser.

— Nous allons nous marier rapidement, murmura Colin entre deux baisers.

Ses mains se faisaient plus pressantes sous le peignoir, caressant la chair frémissante de Cassidy.

— Très rapidement.

— Je suis d'accord, approuva Cassidy en savourant son bonheur. J'ai déjà la robe idéale.

Elle poussa un petit soupir d'aise et se blottit un peu plus entre les bras rassurants de Colin.

— Colin, quel nom vas-tu donner à mon portrait ?

Colin lui sourit et répondit :

— En fait, j'ai déjà trouvé ; il s'appelle : *La Femme de Sullivan*.

Composé et édité par HarperCollins France.

Achevé d'imprimer en avril 2018.

Barcelone

Dépôt légal : mai 2018.

Pour limiter l'empreinte environnementale de ses livres,
HarperCollins France s'engage à n'utiliser que du papier
fabriqué à partir de bois provenant de forêts gérées durablement
et de manière responsable.

Imprimé en Espagne.